マドンナメイト文庫

寝取られ温泉 淫虐の牝堕ち肉調教

星凛大翔

目次

contents

寝取られ温泉　淫虐の牝堕ち肉調教

第一章　狙われた若女将の無垢な秘泉

1

営業部と社長室はオフィスの同じフロアにあった。社員の働きぶりを観察するために、部屋の間はマジックミラーで隔てられている。

ファンド企業の女社長、東条梨沙（とうじょうりさ）は執務机で手元のパソコンを操作しながら、ある人物を待っていた。

（あの男はどうして大企業ではなく、ウチに入社したのかしら）

Y社は大手銀行系列の企業と違い、独立した中堅のファンド企業である。株式、不動産、その他、さまざまな企業の不良債権処理が最大の武器だ。

呼び出した社員、広沢卓也は非常に優秀な成績を上げている。国立大学をストレートで卒業し、特に健康状態も問題なく、機転の利く社員であった。

「二年で百億の債権を回収。この実績に嘘はないわよね」

試金石で任せた債権は完璧に転売できるかたちで、すべて回収している。怨恨で裁判沙汰になるケースも少なくない状況で、彼の成績は異常とも言えた。

だからこそ、卓也の底知れない力量に不気味さも感じる。

（あの青年には政治家や経済界の大物の影もない……）

虎の威を借る狐ならば、非常にわかりやすく扱いやすい。莫大な債権回収の障壁は、担保の物理的差し押さえ、つまり地上げのケースが多々ある。

彼はトラブルを起こさずに、債務者を路頭に追い出していた。その手段は「話し合い」らしく、理解に苦しむ点ばかりだ。刃傷沙汰の話も耳にしていない。

今回は、そんな社員にうってつけの案件があった。

Y社は東京のとあるビルの二階、三階を借りており、それぞれテニスコート一面くらいの広さのフロアを半分に仕切っていた。営業部と社長室は三階にある。

ファンド企業を立ち上げたのは梨沙の親族であった。一流大学を卒業後、親戚に頼まれてY会社へ入社した。当初は長く勤める気がなかったものの、転職して他人に使われる性分ではなく、仕事との相性もよかったため、気がつけば社長になっていた。

　奇しくも、広沢卓也と同郷である。学生時代に結婚し、社長業に専念中だ。

「社長、広沢が参りました」

　秘書がドア越しに告げてきた。

　社長室には、何人たりとも許可なく入室させない。たとえ、秘書だろうが、清掃員だろうが、梨沙の承諾が必要である。

「わかったわ。とおしなさい」

　秘書の気配がなくなって、コンコンとドアをノックする音が響いた。

「どうぞ」

「失礼します」

　卓也は颯爽と部屋に入り、梨沙へ頭を下げた。愛想笑いやよけいなことはいっさい言わない。ただ、ドアの近くで両手を前に組んで控えていた。

（この気負いのなさもすごいわ）

　彼の態度はいつも中立である。それなのに、富士山と対峙したような無気力感すら覚えるときがあった。もちろん、卓也は何もしていない。シミ一つないワイシャツと、卸したてのスーツでビシッと決めていた。革靴もピカピカに磨かれている。

「遠慮しないでソファに座ってください」

「はい」

　朴訥（ぼくとつ）な返事をする青年は、入社二年目と思えない貫禄が備（そな）わっている。彼はそのオーラを出したり引っ込めたりできた。一片の緊張もない足どりでソファに深く座った。すでに、手にはメモ帳とペンを準備している。

「事前に情報を送っていないから、不思議に思ったかもしれないけど。とても大きな案件をお願いしたいの。かなりトラブルの匂いもするから、気が引けるけど……」

「承知いたしました」

　卓也は落ち着いた表情で頷（うなず）く。気の弱そうな優しい眼と、整った鼻筋から中性的な印象が漂（ただよ）う。イケメンとは、彼のような男性を意味するのだろうと、梨沙は思った。

　卓也と梨沙の故郷は、新潟（にいがた）県の雪深い地方都市。そこにある有名な温泉旅館が、今回の案件である。本来なら、営業部長に依頼したいクラスの案件で、彼を指名したのは個人的理由があった。だが、彼に真の理由を話すつもりはない。

「では、案件についてご説明をお願いします」

　ゆったりと淀（よど）みない口調で、卓也はペンをかまえた。

「今回の案件は、新潟県の精霊（せいれい）温泉。主要取引先のメガバンクから、債権回収を依頼されたわ。ただ、先方には保留の返事をしてあるの」

執務椅子から、応接セットのソファに移る。

「回収が困難と判断されたんですね？」

「そう。とても回収できるとは思えなくて。そこで、債権の回収方法と経営実態の調査に行ってほしいわけ」

卓也はじっと話を聞いていた。

「わかりました。転売価値の見極めはいつまでに完了すれば？」

「できるだけ早くお願い」

おねだりするように、梨沙は柔和な視線で身体をくねらせる。いくら営業成績優秀な卓也でも、今回の件はそうとう苦労するだろう。実は、すでにメガバンクの担当者には、了解の返事をしている。つまり、転売価値が発掘できたら、すぐに買収し経営権を譲渡する態勢にはあった。

「ほかの案件より優先させても、時間はかかるかと……」

どれくらいの期間を見積もっているのか不明だが、彼にしては弱気に感じる。

「多少の荒業はしょうがないわ。とりあえず、お願いしていいわね？　成功させたら、特別報酬を払うわ」

あどけない眼で見つめられて、梨沙は曖昧（あいまい）に譲歩する。

（この子に断られると面倒くさいことになるわ……）

今回の案件を卓也へ依頼する切実な理由があった。

そもそも他に首を縦に振る社員がいないこともある。

上司の命令に対して、絶対服従するのは昔の話。昨今では、どんな業界でも、部下を説得するのに四苦八苦している。兵隊たる社員が動かなければ、組織運営に支障をきたす。もし、脅迫や恫喝（どうかつ）で押しつければ、会社を辞めてしまう。

広沢卓也を採用した経緯も、そこにある。

彼は任務に対してとても忠実だ。モチベーションの出どころは不明であるが、首を横には振らない社員だった。

「わかりました。旅館の過去の記録から洗います」

説得するまで時間はかからなかった。

頼もしい言葉に、梨沙も嬉しくなって口調を弾（はず）ませる。キャビネットに格納した資料を思い出して、ソファから立ち上がった。

「ウフフ、ありがとう。旅館の歴史等、過去の調査はやったのよ。資料をまとめたファイルがあるの。融資担当からの情報もまとめてあるわ。ちょっと待っていてね」

梨沙は執務机の横にあるキャビネットから、精霊温泉に関するファイルを探しはじめた。よけいな事情を説明しないで済んだ。ホッと胸を撫で下ろす。

(地元の温泉旅館ね……)

卓也は梨沙の妖艶な身体を眺める。三十六歳の人妻社長の艶やかな身体は、いつ拝んでも垂涎モノだ。ふっくらと熟れた脂の乗ったヒップが、超ミニタイトスカートの中でウネウネとうごめく。

「あとで、伺いますが」

「すぐ終わるわ。あれ、ここに……」

パツパツのニットの布地が、ゆらゆらと左右に揺れる。ニットの布地はピッタリと桃尻にくっついて、エロティックなラインを描く。

白いブラウスと黒のニットタイトスカートは、梨沙のトレードマークだった。ジャケットは脱いでおり、胸元のふくらみも牡欲をそそる。

(いい体だ……しかも、そうとう気が強い人妻という噂なんだよな)

債権回収のストレスを、女の身体で晴らすのが生活の一部になっていた。サービス精神旺盛な女性に飽きはじめたこともあって、ガードの堅い人妻に卓也はそそられる。

社長の東条梨沙は入社時から狙っている女だ。

「んっ、どうかしたの？」

卓也の視線を臀部に感じたのか、梨沙が鋭い視線で振り返る。口調は物腰柔らかいが、眼力の迫力はすさまじい。

「何もありませんが」

怪訝な表情で青年は首を振る。

「そう……」

警戒心を緩めて、梨沙はキャビネットへ上半身を戻した。胸元から窄まるウエストの括れが、腰のひねりでハッキリとする。修羅場をくぐり抜けた美女社長の豊麗な桃尻は、何年眺めても飽きそうにない。

いつか、裸に剝いてやる。そんな機会を狙っていた。特別報酬は、梨沙の身体そのものしかない。企業貢献した分は、きちんと回収する主義で、安月給にいくら色をつけられても、満足するはずがなかった。

「ああ、あったわ。このファイルを読めば、今の旅館に至る背景はわかるわ」

「助かります」

ふわりと黒い髪が揺れて、美しい梨沙の顔が眼に入る。

アーモンド形の眼から鼻筋がとおっている。睫毛は長く、目尻は少し上がり気味なところが気の強さを伺わせた。唇はぽってりと厚く、色っぽい。

「顔に何かついているかしら？」

ジロジロ見すぎたらしく、梨沙は警戒心を強めた。

「いえ、概要だけでもお話くださるとありがたいと思ったんですが。効率的に進める必要があるようですし、時間を無駄にしたくありません。今日、温泉に向かいます」

相手の信用を得るには、行動あるのみ。

積極的な部下の姿勢に、梨沙はプライドをくすぐられた表情を見せた。

「そうね。温泉の効能から……」

手に取ったファイルを開き、彼女は視線を落とす。

俯いてもフェイスラインが崩れず、頬の張りが小顔を描く。左手で髪を掻き上げると、甘い匂いが鼻腔を刺激した。

ソファに移動するわずかな時間も、卓也は彼女を凝視する。

「どうもありがとうございます」

「いいわよ。営業部長の代わりにわたしがフォローするから」

チラッと上目遣いに梨沙は見上げてきた。

重ねて礼を述べる卓也。

（いいケツしているな）

部屋に入ってから、案件の説明は上の空で聞いていた。

ヒップが左右にうねる動きや、バストラインばかりを眺めている。タイトスカートの下にはベージュのストッキングを穿いていた。はち切れんばかりのボリューム感が、ムチムチとした太ももに続く。

「あの温泉の眼玉商品は知っているでしょ？」

梨沙はファイルを座卓に置いた。前屈みになって、ソファに座る。

そのとき卓也は気づかなかった点を凝視する。ブラウスの外れているボタンの穴が二個から三個に増えていた。

「媚薬効果ですね。温泉の成分表でもあれば……」

片手間でも質問には答えられた。

（パイも大きいし、かたちもいい）

内股をピッタリ閉じて、前のめりの姿勢で説明する梨沙。資料の内容に頷きながら、胸元のチェックを忘れない。左手で掻き抱く美乳の上っ面が、丸見えなのだ。

「そこまでは無理だったわ」

「旅館に行けば、分析表があるかと……手に入れておきます」

「広沢なら大丈夫ね」

梨沙は考え込むように手をとめる。

彼女の視線を確認してから、豊満な乳房を睨む。サイズは九十センチのFカップだろう。ブラウスの隙間から必死に覗き込んだ。柔らかそうな熟脂肪の双曲線が左右に揺れる。彼女の呼吸に合わせて、艶めかしく動いた。

「そんなに簡単にいくか、現地に行かないとわからないことですが……」

自信なさそうな顔をして、卓也は肩を窄めた。

「ウフフ、ずいぶん弱気なのね」

「大型案件を一人で担当するのは、はじめてです」

「謙遜しちゃダメ。去年の営業成績は、部長を抜いているのよ」

彼女はソファにもたれて足を組んだ。

（おおおっ、紫のショーツか……）

デルタゾーンに生じた隙間を卓也は見逃さない。ムチッとした太ももがつくり出す甘い空間。そこからショーツの色を確認できた。

卓也の中で、行動と思考は完全に分離していた。

「恐れ入ります。もう一点だけ確認したいことが……」

「今日はずいぶんおしゃべりね。ふだん、広沢が会話するところなんて、職場で見たことないわ」

「コミュニケーション不足ですね。気をつけます」

美女社長に頭を垂れるよう視線を落とす。

（おおっ……今すぐ押し倒したい）

高慢な態度の梨沙のバストからシークレットゾーンまで、もう一度見下ろした。両肘を抱える美女のメロンバストの魅惑のふくらみから、皺が寄るタイトスカート。太ももの隙間には、黒い影しかなかった。

「ほかに聞きたいことは？」

「キーパーソンは大女将と若女将。一番重要な人物は若女将と思っています」

卓也は問題の核を尋ねる。

多額の債権を抱えている精霊温泉。地元出身の卓也は、いつか債権回収の依頼がくると踏んで情報だけは集めていた。梨沙の紙面調査の内容は、見なくても把握済みだ。

彼女は感心したように頷いた。

「そうよ！　わかっているじゃないの」

「恐縮です。では、手荒になりますが……」

「いいわ。借金するほうが悪いんだから」

強気な口調で、梨沙は鼻を鳴らす。

(そんなことはどうでもいい。善悪の話はしてないよ)

問題は責任論だ。

すでに卓也の脳内では、債権回収の壮大なシミュレーションを構築している。手荒な真似の責任を社長がとってくれればいい。その責任のかたちは俺が決めてやろうと思った。

「では、失礼いたします」

「時間が限られているわ。どんな手を使っても、業務を完遂(かんすい)しなさい。わたしが最終的な責任者ですから。この債権を売れれば、ウチはもっと大きくなれるわ」

上機嫌な女社長に礼をして、卓也は退室した。ドアを静かに閉めて、微笑をすぐに消す。

「大きいのは、お前の胸と尻だけでいいよ」

小さくつぶやき、ポケットのICレコーダーを手にとった。どんなときも口頭命令の場合、録音しておくのが卓也の主義。これで、彼女に責任をとらせる大義名分は確保できた。

2

精霊温泉に向かう新幹線の車内で、卓也は資料を改めて見直す。梨沙がまとめたファイルには、キーパーソンの美谷杏奈、美谷里穂に関する情報がわかりやすく整理されていた。

「ふうん、力の入れ方が本気だな」

顔をしかめて車窓の外を見る。

地元の温泉旅館へ借金取りにいく。久しぶりの帰郷目的に、嫌気がさしたわけではない。ノスタルジックな感傷よりも、第一目標を篭絡するシミュレーションに没頭していた。

（女将より、若女将のほうが堕としやすい）

最終的に卓也は野性の直感で判断する。そのためには、膨大な妄想と事実の収集が不可欠なのだ。

美谷母娘の知名度は全国区ではないが、地元ではすさまじく高い。精霊温泉がパワースポットとして繁盛したのがはじまりだ。それなりに歴史の深い旅館、上品で美しい女将の存在が、今の温泉を支えている。

膝上のパソコンがメール着信の知らせを示した。すでに、卓也は旅館巡りという企画での取材を申し込んでいる。その内容がOKとの返信だった。

「ほお、女将は出張で休みか……」

メールを読んで、卓也は残酷な微笑みを浮かべた。

杏奈の取材動画を見直してみる。

十八歳の女子高生が、地元の有名温泉の若女将修行に励む宣伝番組だった。

青年の視点は、地元出身者の応援者ではない。

いかにして彼女を牝に堕とすか。それだけである。

(女子高生、年齢、身体つきは態度や演技で誤魔化せないんだよ)

美少女は女子高校のスター的な存在。十八歳の成人になった杏奈の表情は、非常に明るく幸せそうな輝きを放っている。

青年は彼女の抱える闇を眺めていた。

雪肌の童顔は、剝きたての卵のようにツルツルときめ細かい肌である。可愛らしい眼はパッチリと大きく、薄い唇を開けて笑う姿が多い。あどけなさの残る顔立ちとは反対に、身体つきは大人っぽく成長している。梨沙や母親の里穂と比べれば、スリーサイズのダウンは否めない。

だが、スポーティーな筋肉質のボディーラインは、柔らかく見える。

サディスティックな牡の血が騒いだ。

「無垢な美少女に穢(けが)れた形跡はない」

ポツリと卓也はつぶやいた。

雪深い山奥の駅から歩いて十分ほどの場所に、精霊温泉の旅館があった。今日は、女将不在のために杏奈が代理として、いろいろと差配しなければいけない。ただ、取材依頼の話を里穂にすると、古株の従業員に一任してかまわないと許しがえられた。

「でも、急な依頼ね……」

電話口で里穂は違和感を口にする。

「大手の旅行雑誌や、テレビ局じゃないから、よくあることみたい」

杏奈はあまり取材先について、疑問を抱いていない。

先方は温泉関係のウェブ広告を発信するベンチャー企業と名乗ってきた。里穂が首をひねるように、唐突(とうとつ)な申し込みだった。しかし、小口の取材先なら緊張しないで応じることができる。

「他の雑誌も取材にいらしているから、嬉しい話だけど。用心しなさいね、くれぐれも一人で対応してはダメよ」

　里穂の忠告に、杏奈は内心、ドキッとする。

「大丈夫。温泉の紹介と写真撮影だけだから」

　落ち着いた声で答えた。

「そう。じゃあ、明日には戻りますから」

　誰かに呼ばれたらしく、あわてて里穂は電話を切った。彼女は大手テレビ番組の収録に取り上げてもらい、東京へ行っていた。

（メールには一人で対応いただきたいとあったわ）

　若女将の忌憚ない意見や話を聞きたいため、従業員や宿泊客がいない場所での取材依頼も記載されていた。唐突な依頼にしては、妙に細かい点である。

　雪深い旅館で、変な真似をしても逃げられる場所はない。雪山に囲まれており、近隣には人家もまばらに点在するのみ。おまけに取材先は一週間の宿泊料金を、ギャランティー代わりに一括で振り込んでいる。

「おかしな点はあるけど……」

頓着しない性格の杏奈が驚いた要求はある。

それは、女子校の制服姿で取材に応じてほしいというものだった。十代、二十代の年齢層にも記事を拝読してほしいためという理由である。

女将に相談するべきだったが、すべて問題ないと送信してしまった。

怖いもの知らずの杏奈は、旅館の離れにある若女将の部屋へ戻り、ひと息ついた。

十畳ほどの和室二間で、しんしんと降るボタ雪を眺めているうちに、時間は過ぎていった。

取材記者は午後五時ピッタリに旅館の玄関先にやってきた。

「失礼します。広沢と申します」

玄関口で丁寧に相手は頭を下げた。

「はじめまして。精霊温泉の若女将、美谷杏奈です」

制服姿で旅館内をウロウロしてはいけない、という母の教えを破っていた。従業員に内通されるのではないか、と杏奈は少し重い気分になる。

(やっぱり恥ずかしいわ)

着物姿だとありきたりで十代の少年少女に興味を持ってもらえない。それはわかっているが、丈の短いチェック柄のスカート姿を、宿泊客に見られると思うと、顔が真っ赤になる。

「どうぞ、こちらへ」

従業員専用の通路へ案内する。広沢は軽い会釈をしていっしょに歩きだす。今までの取材客の中で、青年は一番印象がよかった。

彼は宿泊予定の部屋としてスペシャルスウィートルームを予約している。一般客がこの部屋を予約するなど、経験したことがない。

気に入ってもらえれば常連客になってくれるかもしれない。

「さすが、全国に名高い秘湯ですね。雰囲気が違います」

「どうもありがとうございます。のちほど、お部屋に案内させていただきます。それとも、当館の露天風呂を先にご利用なさいます？」

「いえ。お気遣い感謝します」

社交辞令を投げ合って、さりげなく広沢へ視線を送る。

(記者の雰囲気じゃないわ)

黒い髪は綺麗に散髪されており清潔感が漂う。濃紺のスーツに水色のネクタイで、隙のない服装は会社重役や大物政治家の荘厳さがあった。下駄箱に入れた黒革の革靴は、新品同様に磨かれている。全体的に圧倒するような雰囲気がありつつ、顔はとてもハンサムであどけない。

「どうかいたしましたか？」

視線が合うと、広沢は微笑んだ。

「いいえ。もう少し先の部屋になります」

はにかんだ表情で杏奈は顔をそむける。キュンッと変な胸のときめきに、鼓動が早くなった。心の揺らぎを抑えながら、部屋に向かう。フワフワとスカートの薄い布地が揺れている。

「当館のご利用は、はじめてでしょうか？」

沈黙の時間を作らないよう、杏奈は話しかけた。

「ええ」

彼は手短に答える。会話は寸断された。無駄口を叩かない取材先も珍しい気がする。

（えっ、この感覚は……）

先導する少女は、臀部に妙な視線を覚える。これは、淫らな男性から受けるいやらしい視線の類(たぐい)だ。背後には広沢しかいない。まさか、彼が情欲の眼差(まなざ)しを向けているのか。

「スカートの裾がほつれていますね」

「え!?　きゃっ、ああ……」

意外な指摘に、杏奈は短い悲鳴をあげた。緑と黒のチェック柄のスカートの裾の縫い目がほつれて、黒い糸がはみ出している。少女は腰をよじって、スカートの布地を両手でつかんでしまう。スレンダーな雪肌の太ももを、広沢に晒（さら）す。

広沢は冷静に指摘する。

「あとで縫えばよろしいでしょう。若女将、部屋に案内ください」

「あっ、これは失礼いたしました」

あわてて裾を手から離して、膝へ引き下げた。

豪壮（ごうそう）な木造の廊下を曲がったところに、若女将の部屋がある。

回廊のある十畳の和室にふたりは入った。部屋はもう一つあり、机や本棚、衣装ケースやベッドが置かれている。床暖房で館内は一定の温度に維持されていた。

用意された座布団に正座すると、広沢は謝罪した。

「唐突な夜分の訪問取材で、申しわけございません」

「いえいえ。当館を紹介してくださる機会に、感謝しています。わたしは母のようにメディアの世界に詳しくありません。その、どのようなことをなさっているのでしょう?」

少しだけでも、取材内容がどう頒布されるか把握しておきたい。ネット上にどうのように公開されるのか、具体的なイメージが湧かなかった。

直後、広沢の雰囲気が変わる。

「まず、査定するために企業評価を行います。精霊温泉には、たくさんの鉱脈と同時に多額の借金がある。どうやって返済していくか、経営実態を調査します。債権回収業者とお会いされるのは、はじめてではないと思いましたが……ご存じなさそうですね。お母さまから、今の話は？」

さらりと言われた内容は、杏奈にまったく理解できないものだった。

「借金!?」

彼の言葉の中で、唯一、心に突き刺さったモノを吐露する。

「そうです。荒い言い方をすれば、すべての借金は俺が一時的に肩代わりしているんだ。返済できる能力が立証できるまで、俺の命令に従ってもらう」

広沢の口調は別人のように乱暴になった。

あどけない少女は呆然としていた。あまりの衝撃に言葉が出ない。母親が借金をしている。しかも返済できないほどに……。

「あなたは借金取りだったのね……」

眼を潤ませて、膝に置いた手を震わせる。上目遣いに広沢を睨んだ。彼は味方ではなく敵も同然であった。今の杏奈には、相手をねめつけるのが精一杯の抵抗だった。

（視線がさっきと全然違う……）

粘りつくような視線が胸元から臀部まわりへ往復する。

卑猥な視線を浴びた経験のある美少女は、敏感に身体を動かした。

彼は露骨に緑色のブレザーから、卵色のカーディガンのふくらみを眺めてくる。

杏奈は反射的に両腕で胸を掻き抱く。

冷静に広沢は語りかけてきた。

「そう。ただ、君は何も悪くない。俺は君のお母さんの事業拡大が、借金をふくらませたと思っている。たぶん、お父さんがはじめた事業だ。今からでも遅くはない。君に協力してほしい」

「協力じゃなくて、脅迫でしょ」

吐き捨てるように叫んで、杏奈は顔をそむけた。広沢は少しずつ近づいて、膝を突き合わせる位置まで寄ってきた。底知れない雄々しさが伝わり、少女は一刻も早く逃れたい思いに駆られる。

しかし、見えない圧力が杏奈の身体を、その場に縛る。

「捉え方は君次第。変に抵抗すると、苦しみが増えるかもしれないな。俺は責任を分かち合いたいだけさ。現状では残念ながら、杏奈が責任を放棄することはできない」

「どうして？　悪いのは母さんでしょ？」

横座りの姿勢になり、少女は息を荒くする。

「君は跡継ぎになることに同意している。旅館を継ぐ責任が発生する。そうなると、借金があったことなど知らなかったなんて、世間では通用しない。学校で習っただろ？　借りたものは返す。そして……」

青年は杏奈の横に座り背中を擦ってきた。馴れなれしい態度に、少女は相手の顔を睨み上げるが、青年にはまったく効果がなかった。

「何かを借りるには、担保がいるのさ」

「担保？　この旅館と土地、温泉があるでしょ」

「そのとおり。だが、それじゃ足りないんだ。だから、調査役の俺が値踏みにきたわけ。君と、君のお母さんの値踏みをね……」

「ひいいっ……」

そっと膝の上に手を置かれて、杏奈は顔を引き攣らせる。

「変なことをしたら、警察を呼ぶわ」

手を払いのけて、少女は睨んだ。

気の強さなら誰にも負けない。敵意を増幅させて、拳を握りしめる。ゆっくり斜にかまえて、相手の出方を待つ。

「ほお、武術を習っているのか。護身術はいいね。一見、隙だらけだったけど、そうでもないのかな。でも、宿泊客に暴力を振るう若女将。俺は好きじゃない」

「わたしも嫌いだわ」

杏奈が武道の使い手と知っても、卓也は平然としている。むしろ、新しい一面を発見できたというような微笑みを浮かべた。

「それでは、わかりやすい話をしよう」

真面目な表情になって、卓也は残酷な命令を下す。

「借金の担保の一部として、君が着ている服を差し押さえる。今すぐ脱ぎなさい。借りたものは返さないとね」

予想もしない内容に、杏奈は理解が追いつかない。

「そんなこと、ありえないわ」

「もし、君が裸になって、凍え死ぬ状況ならばそうだろう。しかし、旅館はどこも暖房が完備されている。生活を送るには支障がない。女将の代行が務まる従業員までいるんだ」

彼の説明は簡潔明瞭で、いっさいの矛盾がない。

「まだ、学校に行かないと……」

「高校は義務教育じゃない。君は女将を継ぐことが決まっている。俺は服をすべて押収するとは言っていない。君が着ている制服と下着を差し押さえるだけだ。服は他にあるだろ」

矢継ぎ早に命令し、ニコニコして青年は説明する。

衝動的に立ち上がり、杏奈は胸元に両手を置いた。恐れおののく表情になり、座布団から離れる。やがて、部屋の角に背中があたり、力なく座り込んでしまう。

「あなたの前で裸になりたくないわ」

こみ上げる羞恥心に、身体が燃え上がりそうだった。顔が赤くなるのをヒシヒシと感じる。一方で、氷柱のような冷たい恐怖感が背筋に生じた。

「記事に掲載するかは、別問題として、どんな写真でも撮影可能だったよね？」

卓也は杏奈の心中など、まったく気にしていない。持参したバッグから、デジタル一眼レフカメラを取り出して、微調整を行っている。

心臓が口から飛び出しそうな衝撃に、杏奈は大声で助けを呼ぼうとした。

「やめときな」

すばやく青年は制した。

「事態を大きくすれば、借金の話が地元に広がるぜ。里穂さんは、君にも内緒にしているんだ。地元では寝耳に水のネタとして、津波のように知れ渡る」

どの逃げ道も巧妙に塞がれる。

（うう、なんで……）

アイドル女将ともてはやされた美少女は、裸の王女にされている。だが、聞いたこともない金額の借金の存在が露見すれば、従業員は明日にも全員去ってしまうかもしれない。それぐらいは、杏奈にも容易に想像がついた。

「もお、嫌なのにぃ……」

泣きそうな瞳でフラフラと杏奈は立ち上がる。夕日が沈んだ部屋の四隅には、橙色の行燈が置かれていた。震える指が緑色のブレザーのボタンを外す。すると、フラッシュの光が降り注いできた。白い光を浴びた少女は、吃驚して顔を上げる。

脚立にカメラが固定されており、遠隔操作のボタンを握る卓也と視線が合った。

「ポスターの写真撮影を経験しているだろ？　動画も撮影しているから、身体のラインをアピールするようにゆっくり脱いでね。うんうん、その調子」

「どういうことよぉ……」

背中を向けようとすると、すかさず青年から注意される。ブレザーを脱いで、その場に落とす。肩口までかかる黒髪をまとめて、カーディガンの襟の内部に入れた。白いブラウスとスカート姿になって、杏奈は深呼吸する。

男性の前で脱衣した経験がないので、不安と緊張に汗が噴き出す。館内の温度は高くないはずなのに、常夏(とこなつ)の場所で服を脱いでいる気分だった。

(下着姿を……)

目元を紅(あか)くして、チラチラと卓也を見た。

「恥ずかしいなんて、言っていられない状況だぞ!? お前が拒否するなら、俺が代わりに脱がせてやるよ。いや、むしろそっちのほうがいいかな……」

彼は畳に視線を落とし、ブツブツ言いはじめる。

時間をかければ、状況は危険になるだけだ。戸惑いにさまよう手をブラウスの襟元へ運ぶ。指の震えがとまらず、ボタンはなかなか外せない。

「ククク、いい顔するね」

パシャッとフラッシュが焚かれる。

羞恥心を煽(あお)るようにシャッターを切ってきた。舌を嚙み切りたいほど恥ずかしい瞬間だけ、彼は狙いを定めてくる。

「やあっ……」

強気な拒絶の声が、少しずつ弱まっていく。

ボタンを外し終わると、ブラウスが開けた。ボンっと黒いブラジャーに包まれた乳房が空気に晒される。フラッシュの光よりも、絖白い雪肌のふくらみに青年の視線が突き刺さった。厚い布地はフリフリのレースで縁どりされ、とてもお洒落だった。

「ふうむ。綺麗で品があるな」

「いやっ、見ないでください」

眉をハの字にして、杏奈は腰をよじらせた。しばらく、少女は卓也と視線を合わせたまま動かない。気持ちに踏ん切りがつくと、息を吐いて姿勢を戻す。

甘い吐息に合わせて、胸元がわずかに揺らめく。

「ずいぶんサイズが大きいね。八十センチはありそうだ」

「ううっ……」

彼の視線が胸元を舐めるように擦ってきた。同性の親友にも羨ましがられる美乳を、初対面の男性になど拝ませたくない。繊細な心が炙り出されて、屈辱感に打ちのめされる。

「ホラ、ボウッとしていないでスカートを脱ごう」

緩慢な動きに、卓也はイラついてきたらしい。

「そんなに急かさないでぇ」

黒髪を左右に揺らし、杏奈はサイドファスナーへ手をかける。腰をよじると、豊乳がブラジャーといっしょに重たげに動いた。

（ああ、おかしくなってしまいそう……）

恥じらいに脳内はすっかり茹だっていた。ジーとファスナーを下ろす音が大きく聞こえて、フラッシュの光と重なり、杏奈は肢体をモジモジさせる。

やがて、ストンとチェック柄の布地が足元に落ちた。スレンダーなヒップが丸く引き締まっている。黒のショーツはブラジャーとは違い、クロッチ部分だけ厚布になっていた。腰紐で緩めるビキニタイプで、フリルの縁どりも可愛らしい印象を与える。

「お洒落な下着だね。グラビアモデルになれる体型だな」

「うっ、もういやっ」

啜り泣いて、杏奈は畳に崩れ落ちる。ゆっくりと卓也は近づいて、少女の背中を撫でてきた。おぞましい温もりに鳥肌を立てる。

今度は、明るい調子で彼は言った。

「俺は借金取りだけど、杏奈には同情しているんだ。できれば君を助けたい。そのためには、杏奈の力が必要なんだよ」

「どうして？　裸にすることと関係ないじゃない」

「勘違いしないで。これは、一番確実に杏奈を助ける苦肉の策なんだ。君だって、二百億円の借金なんて想像できないだろ？　おまけに、返済できなければ、従業員の人達にも負担してもらうかもしれない。どんなに遠縁でも、親戚は連帯保証人になっている」

どうやら、従業員のことも念入りに調べているらしい。

卓也が全知全能の悪魔に見えた。彼の思惑はどこにあるのか、杏奈には見当がつかなくなってくる。

「まずは、ブラジャーをとらないと」

ブレザーを取ろうとする手をつかまれた。

「やああっ、あぐっ、男の人には見せたことないの……」

窮地(きゅうち)に立たされた挙句(あげく)、杏奈は弱みをもらす。

「そりゃそうだろう。だから、いいのさ」

すばやくバックホックを外される。

「ダメ、見ないでぇ……」

杏奈は相手の腕をとって、背後へまわり込もうとした。

少女を上まわるスピードで、卓也は杏奈の細腕を握りしめる。頭上に万歳したかたちで、両手首をネクタイで拘束された。

柔らかそうな双房が露になった。どこまでも穢れのない雪肌はシミがない。スレンダーな細身に似合うFカップの丸みは、意外と大きい。生々しい汗のにおいが強くなり、釣り鐘状の乳房の谷間にしずくが流れる。

その姿勢を維持したまま、座卓の上に仰向けに寝かされた。ヒンヤリした冷たい感触が背中に走る。ネクタイは座卓の脚に締結された。

あまりの身のこなしの早さに、杏奈は呆気にとられる。

「やあっ、ううっ、何をしたのよ！」

声を荒くする杏奈。

「あまりにもノンビリしているから、俺が脱ぐのを手伝うよ。ジタバタすると、綺麗な手首に痕がつく。おとなしくしていなさい」

大仰に眉をたわめて、卓也は笑う。

乳房を隠そうと、杏奈はうつ伏せになろうとする。ネクタイが手首に深くくい込み、側位の格好でとまってしまう。ピタッと内股をすり合わせた。抜けるような透明感に太ももから足の指先まで雪肌が続く。

「広沢さん。あなたは、とんでもないことをしているのよ。女子高生を無理やり襲って、裸にさせるなんて、犯罪行為よ」

「借金の金額が多すぎて返せないから、踏み倒す。そっちのほうが、とんでもないぜ。俺がくる前に、何人も取り立て屋が旅館の女将のところへきているはずだ」

「きていないわ。地元の方でないお客様は、すぐにわかるもの。こんな破廉恥な真似はやめてください。ううっ、やあっ……」

ギシギシとネクタイが軋む。

卓也の手が少女のウエストラインにあるショーツの紐を緩める。シュルッと紐の擦れる音が終わり、前から布地を取られていった。スラリと伸びる太ももの間をショーツが擦り抜ける。

「残念ながら、賽は投げられたのさ。今さら引くことはない。ただ、事実の積み重ねは重要だ。借用書類は女将が管理しているな？」

「ええ、大事な書類についてはそうよ。でも、場所は知らないわ。あんんっ……」

多少、青年の口調が穏やかになった気がする。だが、彼の行為はエスカレートするばかり。全裸にされた杏奈は、生乳を揺らして相手を睨み上げる。

卓也が乳房周辺に触れてきた。神聖な領域を汚い手で穢されたくない。マッサージする調子で、腋下までスウッ、と何度も弧を描く。次第に、乳輪まわりが熱痒くなってくる。

「煩悩温泉の場所は知っているな？　この格好で案内しなさい」

媚薬効果のある温泉は、誰でも把握していた。杏奈は黙って頷いた。

3

温泉取材のため、従業員専用通路を使用禁止にしている。杏奈は浴衣を羽織るだけで、素っ裸のまま廊下を歩く。卓也は浴衣姿に着替えており、撮影機材一式を携えていた。

館内の空気が温かい分、木造の床の冷たさが痛いほど伝わる。

「おい、外の露天風呂に行くなよ。どこの湯に案内するつもりだ？」

青年は油断ない眼つきで、杏奈の身体をジロジロ見た。無地の桜色の浴衣を肩にかけた少女は、白い肌を部分的に晒す。

「煩悩の湯に案内するわ」

胸元に殺到する視線の矢を浴衣で隠し、杏奈は声を震わせる。すでに裸体の写真を撮られていた。変な真似をすれば、ネットにばら撒くと卓也は釘を刺している。すべては母の里穂が帰ってくるまでの辛抱。

（母さんが借金なんてしているはずないわ）

里穂は女将を務めるだけの器がある。地元からの信用も厚い。母親としても尊敬しているからこそ、家業を継ぐと約束したのだ。そんな母が、二百億の債権を抱えているなど信じられるはずもない。

しかも、少女が肌で感じた卓也の恐ろしさは別次元である。彼が債権の返済手段を模索すると言って、杏奈と里穂の身体を狙っている点だ。

「ああ、媚薬湯か」

「デリカシーのない言い方だわ」

「一般的な効用よりも、客は気分転換を求めている。家の風呂でも、血行促進や神経痛の治療は可能だろ。具体的にどうなるか、説明しろ」

すっかり、卓也は旅館の主人を気取っていた。

「十八歳未満は入浴禁止されているの。わたしは、その年齢になったばかりよ」

「つまり、今日、俺と入浴して体感しないとわからないのか。ふむ。杏奈は機転が利くな。非常にわかりやすい」

「どういう意味よ？　馬鹿にしているの？」

「媚薬効能の女将の説明内容は、すべて知っている。年齢や体質で効果が変わるってことだろ？　俺が求めている内容が、形式的なことでないと、質問の意図を汲んでいる。可愛らしい顔に似合わず、そうとう、頭脳明晰みたいだな」

「意味不明だわ。美人と頭のよさを結びつけないで」

からかわれている気分になり、杏奈は頬をふくらませた。

（不思議な人ね）

さっきまでは脅迫一辺倒に終始していた青年が、自分の反応に興味を抱いている。ただ、いやらしいことだけを求めているわけでもないらしい。

「さっきは合気道で組み伏せようとしたな。武術を教える部活に所属しているのか？」

「そうよ。母さんが師範代になっているわ」

「ほお。それは手強そうだな」

つい、口をすべらせてしまい、杏奈は相手を睨み上げる。卓也は不敵な微笑みを浮かべるばかり。唇から鎖骨下のふくらみまで、撫でるような視線を感じた。

（やっぱり、ただのいやらしい借金取りだわ）

杏奈は悔しさに奥歯を嚙んだ。負けん気の強い少女は、今すぐ青年を組み伏せたい衝動に駆られる。母親譲りの短気と度胸が再燃した。

「どうした？　早く案内しろ」

クイッと卓也はアゴをしゃくる。

潤んだ眼で睨み上げてから、プイッと杏奈は顔を前に向けた。

静かな薄暗い廊下を歩いた先に、煩悩の湯の入口が見えてくる。黒褐色の引き戸を開くと、十畳の豪壮な檜部屋が広がった。

脱衣所はなく、入口近くの格納籠に服を入れる。シャワーセットがそばにあり、床は黒いセラミックタイルが敷き詰められていた。天井を含めた四面の壁は、檜造りになっており、香ばしい匂いが漂う。残りの一面はガラス戸になって、日本海が見渡せる。

「へえ。大したものだ」

「では、ごゆっくり」

サッと杏奈は踵を返して、ドアを閉めようとした。あっというまに手首をつかまれて、グイッと引っ張られる。バランスを崩した少女の肩を、青年の手が支えた。

「逃げるなよ」

「わたしはあとで湯をいただくので」

男といっしょに風呂など入ったことがない。父親と入浴した記憶もまったくなかった。得体の知れぬ借金取りと湯を共にするなど、杏奈にはありえないことだった。

「スペシャルスウィートの客には、女将が接待するんだろ？」

不意に旅館の内規を卓也は持ち出してくる。

「この湯は経験がないわ。それに若女将の立場で修業中なの」

肩に置かれた手を払いのけようとする。だが、卓也は容易(たやす)く避けて、スルッと浴衣を剝(は)ぎ下ろす。一瞬で一糸まとわぬ姿にされて、杏奈は左手で乳房を、右手で陰部を隠した。

「やっぱり、いやらしい真似をするの!?」

上目遣いに少女は睨み上げた。彼は引き戸を閉めて、浴衣を籠に入れる。そのとき、さり気なく少女の桃尻を撫で擦ってくる。タポタポと丸みのある尻肉が弾んだ。

「キャアッ、変態!?」

ピクッと総身をわななかせて、杏奈は反射的に相手へまわし蹴りを繰り出す。ヒュッと空気を切り裂き、右足が宙にとまる。そこに青年の姿はなかった。

「護身術は完璧に身につけているのか？　いい蹴りだ。じゃあ、俺が身体を洗ってやろう。女将になれば、老若男女問わず背中を流すんだろ。借金取りだからって、差別するなよ」

「ううっ、勝手にお尻を触ったじゃない！」

「ククク、証拠がないだろ」

杏奈は斜にかまえて、身体をモジモジさせる。プライバシーの保護のため、浴場には監視カメラがない。従業員専用通路は、設置自体、対象外になっている。

油断も隙も無い卓也の指摘に、少女は言い返せない。

「裸のつき合いに慣れていないようだな。とにかく、こっちにこい。睨み合っていたら風邪を引いてしまうだろ」

「ああ、放して。身体くらい一人で洗えるわ」

相手に右腕をつかまれて、跳ねのけようとする杏奈。その力を利用されて、シャワーセット前の椅子に着席させられる。柔らかいヒップが、木製の椅子に圧せられた。

「とりあえず湯を浴びなさい」

温かい湯線が少女に降りそそぐ。浴場は空調が効いていないため、身体は冷たくなっていた。氷のような足や肌が湯に溶かされると、杏奈はその場から離れる気を失った。

(この人、合気道の達人みたい)

身のこなしや距離感の取り方が尋常のレベルにない。初段の杏奈が、手玉にとられて素肌を晒している。妙な迫力で無力感に陥り、少女の屈強な気概が湯水のように流されていった。

「落ち着いたようだな」

「広沢さんが変なことを……きゃああっ!」

杏奈は振り返って、両手で顔を覆う。

素っ裸の卓也が仁王立ちになっていた。ぶらりとペニスが股間から象の鼻のように垂れている。異形の大きさと不気味な存在感を、生で目の当たりにする少女。

「何を驚いているんだ。さっきから、叫びすぎだよ。ホラ、こっちを向きなさい」

意地悪そうに笑って、青年はタイルに座り込む。すんなりと椅子ごと回転させられた。相手を押しのけようとする杏奈の声が寸断される。柔らかく温かい感触が唇を塞いできた。

「え、やっ、あ、むう……」

突然のことに、パッチリした眼を瞬かせる杏奈。チュッと軽く唇が触れただけで、心臓が跳ね上がりそうになる。ドクンッと身体の中で何かが弾けた。悟られまいと杏奈は険の相で、押しのけようとする。抜け目ない様子で反応を観察する卓也は、バードキスを繰り返す。

「ファーストキスか!?　穢れのない美少女だね」

「ダメ、あ、ふうっ、んんっ」

ゼリーのように柔らかい唇をついばまれて、少女の心に波が立つ。繊細な波面はすぐに収束するはずもなく、未体験の接吻に波頭は大きくなる。青年の胸板に置いた白い指から力が抜けて、ウネウネと指先がうねった。

（ああ、のみ込まれてはダメ！）

強靭な気力を奮い立たせようとする。だが、唇が重なって卑猥な音をたてられると、恥じらいと胸のときめきに抗えなかった。恥ずかしさに瞼を落とし、相手が引くのを待つ。

「フフフ、落ち着いたみたいだな」

「やめてください……あふっ、うっ」

ヌルッと未体験の感触が口内に広がる。杏奈は眦を裂けんばかりに開いてから、すぐに閉じた。睫毛が自然に震えてしまう。知らない味の唾液は、トロッと乙女心をつかんでくる。呼吸のできない舌のもつれ合いに、少女は順応していった。

「うあっ、胸が熱いぃ……」

椅子からタイルの上に座らされる杏奈。仰向けに倒されて、青年の顔が乳房に近づく。両手で隠そうとするが、一瞬遅れてしまう。卓也の唇がチュウと乳首を吸い上げてくる。

得も言われぬ熱い感触が、抵抗する気力を奪う。

(気持ちよくないはずなのに……)

おぞましさしか渦巻かないのに、払いのけることもできない。いやらしい舌遣いで、ピチャピチャと卑猥な響きを奏でてきた。

「やはり、新品のオッパイは違うな。Fカップもそそる。大きくて綺麗なのに、乳首は小さく上品なものだ。薄ピンク色なんて、新品に間違いない」

「変なこと言わないでぇ……ううんっ」

覆いかぶさる相手の頭に両手をあてた。左乳を吸う卓也の舌遣いは懇切丁寧で、無理な攻めをしてこないのがいじらしい。よく知らない男に触られる屈辱よりも、具体的に褒められる恥じらいと嬉しさが上まわってしまう。

「やっ、あっ、ふんんっ」

身体の芯が火照り、妙な高揚感に杏奈は顔を反らせる。変な声が出そうになり、左手の甲で口元を押さえる。しかし、ガラ空きの腋下をペロペロと舐められて、衝動的に息を吐く。はしたない声が滲んでしまい、杏奈は我慢しようとした。

「ククク、気持ちいいだろ。葛藤する悩ましい顔が、ゾクゾクするね。初々しいのも堪らないな。ふうん、甘い汗を出すタイプか……」

杏奈は内心、ドキッとした。興奮すると、ムダ毛のない腋からとても甘い汗が噴き出す。

密かな美少女のコンプレックスであった。

「やあっ、そんなところ……んんっ」

ネットリと熱い舌を腋の下から、乳房の麓に感じた。不思議とくすぐったい心地はない。敏感に反応し、悩ましいあえぎ声が出てしまう。左右に顔を振り立てる。

すでに、両手は背中にまわされてタオルで締結されていた。

（力が漲っている）

肉体的にも逞しい青年の身体。腹筋が割れて、腕も太い。草食系の中性的な外見の印象とは違い、細身の裸体は鋼の筋肉だった。胸板もそれなりに厚く、杏奈の力で押し返せるレベルではなかった。

「襟足も綺麗だ。ここもいい匂いがしていたよな」

「なんでわかるの!?　あっ、んんっ」

顔をそむけると、左右のうなじまであさってくる。おぞましさや不安、恐怖が薄れると、杏奈の雪肌の芯は妙に昂（たかぶ）りだす。息も切れぎれになりつつ、澄んだ声が喉元から飛び出した。

次第に切れ長の瞼が重くなり、さらに抵抗する気概は削（そ）がれる。

「オイオイ、もう降参するのか？」

「冗談言わないで。アナタに負けるはずないじゃない」

黒い瞳から光が失いかけると、巧妙に卓也はイラっとするような言葉を浴びせてきた。瞼を上げると、青年が唇を奪ってきた。身体を懸命に捻（ねじ）らせるが、両方の乳房の頂点をしたたかに捏（こ）ねまわされて、鼻先に火花が散る。

「はあっ、ふうむ、むちゅっ」

「どこもかしこも甘くなってきたな……」

両方の乳房を鷲づかみの形にしつつ、指先に力をこめない。杏奈のみずみずしい乳肌は、相手の指を跳ね返す弾力性に富んでいる。プルンッと乳輪まわりに指が埋（うず）まると、ハッキリ相手の力を胸元に覚えた。

（また舌を入れてくるの!?）

卓也は何度もディープキスを繰り返す。乳房への巧みな嬲りとバランスをとって、乙女の脳内を薔薇色に染め上げてくる。雪肌にびっしょりの汗を掻く杏奈は、粘着質な愛撫とキスにより、すっかりマグロ状態になっていた。

「ククク、もう少し粘ってくれ。まだ、肝心な場所を洗っていないしよ」

「肝心な……はっ」

チュパッと互いに唇を離すと、唾液がツウッと伝う。その糸は杏奈の下腹部に落ちていった。無意識に少女は内股をピッタリ合わせ閉じている。

「キスとか、変な場所を触るのは、身体を洗うことじゃないわ。お願い、もう、ううっ」

未経験の攻めに、白い裸体がしなる。杏奈はうつ伏せになって、相手の青年から距離を取ろうとした。清純な桃尻が恐怖に揺らめく。しっとりと丸いヒップに、視線が突き刺さってきた。

「変な？　確認しないとわからないだろ」

「やあっ、そういう意味じゃない。あっ、ぐっ」

思うように手に力が入らず、杏奈は歯噛みする。タオルはグッショリと濡れて手首に絡みついていた。金属製の手錠よりも強い拘束感にとらわれる。

必死に瞼を上げて、相手を睨もうとする。

「暴れるなよ。処女のオマ×コはキズモノにしたくない」

「やめてぇ、変態！　あっ、見ないでぇ」

仰向けにされて、杏奈は両膝に渾身の力をこめる。

青年の手が膝頭をつかみ、グイッと左右に開いてきた。

空気と視線が膣割れに突き刺さって、恥ずかしさに顔を横へ向ける少女。

「ほお、綺麗な花弁だな」

卓也は感嘆の音をあげた。

「いやらしい言葉を使わないで」

処女と言っても、杏奈は成人した女子高生。彼の言っている淫語の意味は、すべて理解できた。それだけに、粘り気の強い視線と卑猥な口調を浴びると、穢れた気になる。

(そんなにジックリ見ないで)

チラッと青年の様子を盗み見る。

卓也は興味津々の視線で股のつけ根から臀部まわりへと撫でてきた。内股を閉じようとしても、彼の手が阻んでくる。何よりも、両手を背中で縛られており、左右に裸体を振りまわせない。

「確認しておくが、処女なんだろ？」

「……ううっ……」

　うなじを真っ赤にして、杏奈は数ミリだけアゴを縦に振る。異性との交わりがないと認めた瞬間、なぜか秘裂は熱くなる。次第に、青年の鼻息が近づいてきた。

「とても可愛らしい」

「いやあっ、言わないでぇ」

　眼を閉じて、少女は唇を開けた。

　杏奈の肉裂は可憐さを凝縮している。大陰唇の盛り上がりもなく、縦線も短い。色素がまったく沈着しておらず、雪肌からサーモンピンクの裏肉へ続いている。陰毛は乙女なりに手入れをしてあり、膣口の上部に少しだけ淡い茂みを残していた。

　急に青年は口調を変えた。

「杏奈が旅館を継いだら、二百億円を今すぐ返済できるか？」

「できないわ。だから、借金を盾にして痴漢行為に走っているじゃない！　アンタになんて、本来なら指一本触れられるはずもないのに……」

「そこだ。とても理解力がある。若女将は、借金の話を聞かされていない。それなのに、俺の言いがかりを受け入れているぜ。思いあたる節があるんだろ! ここは、互いに事実の真相究明と、解決方法を探る必要がある」

「そのために、淫らなことも必要なの?」

「淫らにならないように、最善を尽くすさ」

これまでの凌辱に対して、卓也はまったく淫靡な行為という認識がないらしい。大陰唇のそばの太ももから、チュッとキスをはじめてきた。

「あふっ、ううっ」

ピクッと股間を跳ねさせ、杏奈は反応してしまう。唇の間から、炎の息をもらした。足を閉じようとするが、キスをされるだけでも刺激は大きく、少女は成す術がない。

ゆらっと卓也の顔が動き、小陰唇を左右に開こうと両手が太ももから離れる。

(この瞬間に閉じる!)

同時に、彼のこめかみへ両膝で蹴りを見舞えばそうとうのダメージが残るはず。わずかな隙を、杏奈はずっと待っていた。だが、雷撃を落とされたのは少女のほうである。鍛え上げた腹筋に力が入り、少女の胸元から桃尻までアーチ状に反った。

「チュウッ、ククク、感度は高いな。俺はクンニリングスで、イク女を見たことがない。もし、このままアクメに飛んだら、杏奈は感じる才能があるんだろう」

「意味がわからないわ。はあ、あふうっ、あんんっ！」

短く鋭い叫びに、十八歳の魅惑のボディーがバウンドした。

下半身からは抵抗力を抜かれて、長い足がヒラヒラと宙を舞う。彼の唇がピンポイントで、杏奈の陰核をとらえる。強すぎず、弱すぎない嬲りは、精魂尽き果てかけた少女には地獄だった。

「まだ、序の口だが」

「もう、終わってちょうだい……アソコがぁ、ああ、熱いぃ」

卓也の唇と舌先が、火傷（やけど）するくらい熱を持っていた。ネットリと割れ目をなぞられた衝撃にくわえて、媚蕾を吸引される。へなへなと女体から抵抗の残渣（ざんさ）が抜け落ちた。

「濡れているらしい。どれ、もう少し掘るか」

舌先が裏肉の境界面にとどまった。必死に少女は哀願（あいがん）する。

「いやぁ、やああっ、ああん、アソコがジクジクするのぉ」

ねちっこい攻めで、媚肉は執拗（しつよう）に炙られていた。思うようにスレンダーな身体には力が入らない。やがて、杏奈の穢れない桜花弁の隙間から、舌棒が侵入してきた。

とっさに桃尻を引かせる杏奈。次は、上唇でクリトリスを押し撫でてくる。ジンッと未知の刺激が処女の泉に、波紋を起こす。

「そうだ。借金取りに対するおもてなしは、君のいやらしいあえぎ声さ。これで、お互いの理解を深められるのさ。ホラ、気持ちもいいだろ？」

「出鱈目ばかり言わないでぇ！　アソコを啜られて、おかしくなりそう。あっ、やっ、ナカに舌を入れないで。やあっ……」

ブルッ、ブルッと下腹部を波打たせる。抗いの精神の氷は水に溶かされて、淫らな汁に変えられてしまう。厭々と両足を宙でヒラヒラ泳がせて、杏奈は未知の淫熱に操られた。

（こんなにお汁が出てしまうものなの……）

自慰の経験は、生理とともにあった。ひとりでに指先が媚肉をタッチするときの何とも言えない高揚感で湧き出る恥泉は、量も質もまったく違う。勝手に煮えたぎる膣芯の疼きは、桁違いに大きくなるばかり。

「ふん、ジャブジャブになってきた。外見に似合わず、破廉恥なオマ×コだぜ。お前の言うとおり、舌でほぐすまでもない」

ヌルッと膣壁を舐められて、少女は灼熱の感触によがる。その淫らな表情を嬉しそうに眺め、卓也は顔を離した。軟体動物のように、蜜壺でうごめいている存在が消える。

（ああ、疼きが酷くなって）

小鼻を鳴らし、杏奈は眉をハの字にしならせた。

刷毛塗りの甘い汗にぬめる雪肌。熱病に罹ったように杏奈の胸が、ユサユサと激しく動いた。青年の攻めで、自然に呼吸は荒くなっている。

「あぐっ、指もいやっ」

ふたたび膣孔を攻められる。今度は指先がズブッと挿入された。息をとめても、甘ったるい鼻声がもれる。ゆっくりと杏奈の膣肉を捏ね上げてから、襞を引き伸ばしてきた。明らかに舌棒より異物感が強い。唇を引き結び、攻めに耐えようとする。

「グチュグチュした襞が指に巻きついてくる。ザラメだな。おまけに絞まりも格別だ。意外と膣路が長い。エッチなオマ×コだぜ」

「やあっ！　言っちゃいやっ、あ、ぐっ……」

チュッとライトキスの摩擦音の隙間から、陰唇の姫鳴りが混ざる。卓也はキスをせがんできた。接吻を拒絶しようと、反対側へ顔をそらせば、うなじから耳朶を舐めてくる。

憎らしいくらいのフェザータッチに、少女は物足りなさすら感じた。相手の熱っぽい息にプルンッと乳房が揺れる。

(指が自由自在に……)

あらためて、卓也の淫戯の粘りに驚いてしまう。

「ククク、受け身の姿勢に馴染んできたな」

「誰が!? 手首を縛られたらそうなるしか……あむうっ、あっ、ふむっ」

神経を逆撫でされて、すぐに杏奈は口を尖らせる。

だが、唇を開けば呼吸が奪われて、口内粘膜まで弄ってきた。一方、卓也の中指は蜜汁をあますところなく掻き混ぜてきた。側位になった杏奈の女壺で、青年の指は華麗に舞う。

「ふあっ、あうっ……深いぃ、あ、やっ」

「感度が上がってきた。ククク、甘い汗だ」

卓也も興奮を抑えきれないのか、唇を押しつけてくる。鼻梁を擦り合わせて、少女は相手の舌を唾液といっしょに受け入れる。グッと指の関節が曲がり、卑猥に太ももを動かした。ボウッとする意識の中で、コクッと白い喉を鳴らした。

「やっ、あっ、んんっ……」

指が二本に増えていた。

杏奈は自然に左足を広げて、膣裂の穴を大きくする。弾力性に富んでいる膣は、指棒を喜々とのみ込んだ。当初感じていた異物感は薄れて、何とも言えない感触が芯に広がる。

「フフフ、穢れてきたかな？」

「違う、そんなんじゃ……あ、んんっ」

「処女のオマ×コを手コキされて会話できるんなら、もう、充分に馴染んだな。どうせ、いつかは穢れるモノだ。純潔を守りたいなら、セックスもできないぞ」

ううっと少女はうめいた。

（挿入する指を増やさないで……）

いつのまにか、膣内には三本の指が侵入している。ギュッと膣肉は指棒に絡みつく。ググっと指先が関節を起点に、曲がりはじめた。奥襞からほぐすようにうごめく指の軌道は、変幻自在で予測もつかない。

「んふっ、あっ、んぐっ」

まな板の鯉のごとく、ピチピチと杏奈は裸体を跳ねさせた。卓也の左手の中で右乳の柔肌がうねる。乳首を摘まれて、やんわりと擦り潰された。

「んんっ、やっ、どっちもはダメっ」

二点からの異なる刺激に、生々しいあえぎ声が澄んでいく。

卓也の指遣いに翻弄される処女の裸体。

何としても卓也の攻めでアクメへ飛びたくはない。少女は果てしない性感の向こう側にだけは、何度も昇りつめたことがある。相手の思惑どおりにならないと息んでも、首筋をキスされて、いやらしいあえぎ声が捻り出された。

「いいぞ、イケ！」

卓也はコリコリと親指でクリトリスを弄ってくる。熱く息づいた杏奈のヒップが大きく乱れた。拒否しても流れ込む快感に、少女は本能的な反応を示す。

かつてない衝動で芯が弾ける。

「やだ、ああ、んぐっ……イクッ！」

唇を大きく開けて、少女は何度も全身を痙攣させて、絶頂を訴えた。

相手の指棒を折れるぐらい締めつけ、グイグイと絞り上げた。絶頂の脈動で何度も杏奈の脳内は真っ白になる。手首を背中で縛られた状態で、ビクビクと弓なりに背を反らせたのち、ぐったりと身体を横たえた。

悔しさのあまりモチモチした頬に絶頂感の涙が伝う。

「いいイキっぷりだ。浴槽に浸かる前に、少し休憩していてくれ」

「あ、やんっ、ああ、もう舐めないでぇ」

眼を開けて、杏奈は恥じらいの視線をさまよわせた。

彼は少女の顔から足の指まで、隅から隅までに舌を這わせつづけている。すでに、卓也へのおぞましさや不安感は消え去っていた。

（イッたのに、ジンジンがとまらない……）

これまで、アクメに飛べば掻痒感は収束していた。熱っぽい疼きは、胎内にへばりついている。卓也の舌で愛撫されて、もっと刺激が欲しくなってしまう。

しばらく、杏奈は真っ白な裸体を黒いタイルに横たえていた。やがて、彼は手首を締結していたタオルをほどく。緊張感が緩んだせいか、手足は鉛をつけたように重くなっている。

少女は内股を閉じて、乳房を腕で隠す。青年は浴槽の端に腰を下ろして、杏奈の様子をジックリ眺めていた。

「次は、受けじゃなくて攻めのおもてなしだな」

「何よそれ？　勝手に決めないで」

少女は睨み上げて口を尖らせる。

「浴槽に浸かってから、奉仕してもらおうか」

思わせぶりに卓也は笑った。底知れない不気味な存在感に、杏奈は完全に圧倒されている。ゆっくりと身体を起こしてシャワーを浴びた。青年の視線から避けるよう、乳房を腕で隠して湯へ浸かった。

煩悩の湯は白色の濁り湯だった。

卓也が同じ角槽に足元まで浸かり、とんでもないことを命令してきた。

「俺のチ×ポを舐めてくれ」

「え!? そんなこと……できないわ」

信じられない表情で、少女は狼狽える。

(どうしてわたしが……無理よ。あんな汚いモノ)

フェラチオという言葉は知っている。知識ばかりが先行しており、男性器を生で見たことはない。いきなり口愛撫を要求されて、困惑と不安に心は揺らぐ。

「難しいことじゃないけどな」

「嫌よ。いやらしい……おもてなしじゃないわ」

杏奈の目線にペニスはあった。

さっきから、見て見ぬふりをしながらも、杏奈の視界から外れなかった巨大な肉棒。

それは穢れと煩悩の塊に映る。いやらしいと避けつつ、チラチラと眺めてしまう。

「下のクチに舐めてもらう時間を減らしたいんだ。杏奈も、セックスするとわかっているだろ？　その前に、何度もイカせてくれれば、処女をもらう必要もなくなるかもしれない」

「どうせ、何もかも奪うくせに……」

杏奈は湯に浸かり、相手の聳え立ちを眺める。

(どうしたらいいの……)

同級生にはセックスを経験した子もいる。しかし、どんなことをしたのかまで、聞く勇気はなかった。彼女たちは、彼氏のペニスを口愛撫するのだろうか。

彼は浴槽の縁に腰かけて、股間を広げてくる。

「孕むまで射精させてくれるなら、俺が勝手にヤルだけだ」

「やああっ！　うう、舐めればいいんでしょ！」

杏奈は恐々と右手を伸ばす。肉竿は歓喜にうごめいている。見たことのない生き物を拝むようで、少女はなかなかつかめない。相手の顔を見上げると、早くしろ、と言わんばかりに顎をしゃくってきた。

杏奈は深呼吸をした。吐息が牡棒の麓の陰毛を揺らす。飴色の太幹がしなり、亀頭は小刻みにうごめいた。ゆっくりと逞しい肉竿に白い指を絡めると、灼熱が清楚な手のひらに伝わってきた。

（……なんて熱いのぉ！）

指が火傷するくらいの牡熱を孕む怒棒。両手でも尺があまる長さは、二十センチは超えている。しかも、勃起途中の状態らしく、握りしめると強張(こわば)りを増した。精嚢袋も大きく、絶倫のような猛々(たけだけ)しい情欲に燃え上がっているらしい。

「あまり焦(じ)らすなよ……」

卓也が急かしてきた。

「こんな大きいの、舐められないぃ」

睨まれて、杏奈は白魚(しらうお)のような細い指で肉棒をつかむ。まず、柔らかい指関節を曲げて静脈の浮かぶ剛直を揉んでいった。だが、牡血でパンパンの肉柱はビクともしない。

腹ばいになっているペニスをゆっくり湯面へ傾けた。

「うぐっ、いいぞ」

ピクピクッと肉棒は反応する。

想定を易々(やすやす)と超えた膨張(ぼうちょう)に、杏奈は呆然とした。彼女の手の中で肉竿は一気に二倍近い太さと長さへ変わる。メキメキと野太い亀頭が張り出して、鋭いエラを形成した。

「そうだ、あと一歩だ」

「うっ、はああっ……チュッ！」

さらに顔を近づける。迷う心に鞭を打って、真っ黒な尿道口に杏奈はキスした。

「ふうっ！」

短いあえぎ声を卓也はもらす。

（このオチ×チンは、わたしのキスにも反応して……）

彼の肉棒は完全に勃起していた。飴色に変色した薄皮の中に、ギンギンと精力が漲っている。もちろん、どこも同じ硬さではない。白い指先を跳ね返す静脈が刺青のような模様を形成していた。

「やっ、なにこれ……大きすぎる」

思わず少女は小さく叫んだ。

「勃起すれば、誰でも同じだよ。杏奈の綺麗なバストとヒップに、股間が疼いたんだ。いきなりペニスを見せると、気味悪がってフェラチオしないと思ってね」

「気持ち悪いのは変わらないわ。ううっ、こんな……」

「そう毛嫌いするな。若女将が拒否すれば、女将にペロペロと舐めてもらう。借金を返すために、こんなサービスもしてもらわないといけないんだ。そうしない方法を選択してほしいだろ？　だったら、一度でも誠意を見せてくれないとね」

卓也は杏奈の頭を撫でた。屈辱感に唇を噛みしめる。

気高く誇り高い美少女として、地元では有名な杏奈。その少女が青年に翻弄されて、何も抵抗できない。彼は母の淫売な行為までシミュレーションしている。

「同じことを母さんに……嘘!?　ありえないわ。いやあっ……」

「ハハハ。まあ、杏奈のような美少女に手でしごかれれば、射精するだろう。女将の手コキはどうなんだろう？　でも、二百億の借金だぜ？　ようやく状況を理解できたかな？」

杏奈はカアッと顔を赤くする。

（母さんがオチ×チンを……しかもいっしょに……）

自分もいろいろな男のペニスを握らなければいけないのか。卓也が母と己にどこまで仕込むか未知数であるが、恥じらいを忍ぶ母の痴態は想像したくもなかった。

「そんなことより、もっと舌で舐ってくれ」

少しずつ青年は具体的に命令してくる。

ここを凌げば、この先屈辱的な目に遭わない可能性もある。彼はそんな甘い将来を匂わせてきた。杏奈には旅館の将来を背負う責任感があった。微かな希望でもすがるしかない。

先端の赤黒い肉瘤へ、ピンク色の舌をチロチロと這わせる。

「こ、こう？　亀頭って、ここなの？　射精って、いつするの？」

卑猥なことも口にして、杏奈は葛藤を抑え込む。

青年は求める快楽をえられて、優しい口調で教えてくる。

「そうだ。杏奈がイクのと同じ感覚さ。舐めていけば、いろいろとわかる。いきなり全部把握するのは無理だよ。ふうう、上手いな……」

（卓也は口も達者ね……）

話し慣れた口振りから、彼のしたたかさがのぞけた。

「ふうっ、チュッ」

強弱もない単調なリズムの舐め上げを繰り返す杏奈。震える指を太幹にしっかり絡みつかせて、上下にしごく。どうやら、たどたどしく拙い様子に、卓也は興奮しているらしい。

「うう、気持ちいいの？　まだどんどん大きくなっているわ」

不安げに杏奈は、卓也を見上げた。

（男の人のオチ×チンて、こんな大きくなるの……）

先端の尖った部分だけは、アーモンドピンクの色合いで粘膜が剝き出しだ。その裏側をツルッと舌でなぞる。ピクッと肉瘤は膨張を早めていった。チュウッとキスをして、レロレロと怒張を舐めまわす。

「ぐっ！　やればできるじゃないか」

「ペロ、クチュ、うっ、いつまですればいいの？」

「俺が射精するまでだ。杏奈は精子を見たことがないんだよな」

「うっ、やっ、さっき処女って言ったじゃない！」

恥じらいと怒りに頬をふくらませる。

杏奈にとって、大人の男性のペニスを触るのははじめてだった。長さは三十センチを超えて、先端は咥えられないくらいのサイズになっている。両手で竿をゆっくり上下にしごく。青年の歪んだ顔から興奮が伝わり、舌肉で小刻みにうごめく亀頭の快感をつかむ。

（わたしったら、いやらしいことを……）

淫らなまさぐり合いを続けて、違和感はすっかり薄れていた。

誰に教わることもなく、杏奈は卓也の肉棒を舌で転がし、甘い快楽を送り込む。白い濁り湯が、少女を大人の女に変身させたのか、恋人のような所作を続けていた。

清楚なピンク色の舌が、竿の裏スジまで舐め下ろす。

「処女のフェラチオにしては、大人っぽい色気があるから、処女に見えないんだよ」

「ううっ、やらしい真似をさせたのは、卓也のせいだからね。あぐっ、もう、なんか、変な汁が……苦いぃ」

慣れない匂いと味が口内に広がり、杏奈は眉をひそめる。そこで、青年の表情が変わった。

「ふう、今回はここまでにしておこう。やっぱり精子は飲ませるものじゃない。孕ませるためのモノだからな」

「さっきと違うことを……」

「続けるかい？　大量の精液を嚥下することになるよ」

口端を歪める卓也。

杏奈は左右に美貌を振りたくる。

「いやっ！　そんなこと……」

「じゃあ、後ろを向きなさい」

妖しい光を眼に灯して、卓也は少女の裸体を反転させる。一瞬、逃げようとも思ったが、浴槽の縁に押しつけられた。濁り湯の湯面から、桃尻を引っ張り出される。ツルンとした卵肌の小ぶりなヒップが切なく揺れた。青年の手が軽く撫でまわしてくる。みずみずしい肌が、相手の指を跳ね返す。

「じゃあ、処女をもらおうか」

「ダメよ！　ナマはいやっ……ピルとか、飲んだことないし」

杏奈は妊娠を恐れて、悩ましい表情で振り返る。

しかし、何故か抵抗する気概は戻ってこない。背後の青年に屈したつもりは毛頭ないものの、不思議な期待感に膣芯は蕩（とろ）ける。バックの体位で浮かんだヒップの柔肉をつかまれて、左右に開かれた。やがて湯に煮えた女尻はまろやかになって、卓也の指が容易く沈む。

「大丈夫さ。中出ししないから……」

安心させるように青年はペニスをあてがう。

「うっ、やっ、ああ」

怒棒の先端がサーモンピンクの穢れない花弁に当たった。ピクンッとヒップを跳ねさせて、クネクネと杏奈は美尻をくねらせる。不思議な期待感を灯されて、不安な気持ちと交錯した。

（今から処女を奪われるの……）

この手でつかみ、舌で愛撫した怒張の形が少女の瞼の裏に浮かび上がる。ドクッと成長期の若膣がうねった。

杏奈の様子を観察してから、卓也は気合の雄叫びをあげる。

「入れるぞ！　ぐおっ……」

グッと未知の圧迫感が杏奈の裸体を貫く。

ああ、どうしてこんなことに……そんな後悔をする時間もなく、相手は性器の結合まで誘導してきた。おぞましさよりも未経験の歪んだ肉欲が勝った瞬間を狙われる。

「あっ、んんっ……痛っ、いぃ……」

無意識に檜風呂の端を握る指先が赤く染まった。不安が募り、背後へ振り返る。グロテスクな異形の肉棒が、膣穴に入り込む光景を目の当たりにした。

「やああっ、あぐっ……こないでぇ……」

ググっと、怒張が処女の膣孔を拡げてくる。痛みはすぐになくなり、裂かれるような恐怖感にスレンダーな女体はおののいた。ギュッと瞼を落とし、屈辱の挿入に服従する杏奈。

野太い亀頭によって狭隘な窪みが大きな円になった。背筋をしならせて、杏奈は息む。怒濤の圧迫感に恐怖の波紋が広がった。不規則に動く少女の腰に、卓也の指がグッと埋まる。

「やっぱり狭いな……さらにいくぞ！」

「やあっ、あがっ、ぐっ、はあっ……んあっ……」

勢いよく顔を上げて、杏奈は背後からの衝撃を避けようとする。だが、反り返った巨砲は繊細な膣洞を容赦なく抉ってきた。

（こんな太いの……壊れちゃう……）

野太い亀頭が杏奈の内奥を埋め尽す。感じたことのない不安の槍が、少女の身体を貫いてきた。途方もない圧迫感に、心も身体も占拠される。

無意識に啜り泣き、嗚咽する杏奈。

「うっ、ぐすっ、は、はああっ、あっ、あんっ……」

ひとりでに涙が頬を伝い、白濁の湯に落ちた。

「痛いのか？」

卓也は優しい声色で耳朶を撫でてくる。グッと奥歯を噛みしめて、少女は首を振った。艶々の黒髪が肩口でなびく。まだ何が起こったのか実感が湧かない。

（本当にセックスしているの!?）

あのグロテスクな牡棒が胎内に挿入されている。ズシリと重い性器の感触だけが、少しずつ乙女心に刻まれてきた。最大限に拡張(かくちょう)される処女壺は、意外にも柔軟に巨棒を受け入れている。

「前戯で濡れているが、馴染ませないとな……」

満足そうに卓也は腰を振った。

ピクピクッと細身の裸体は容易く痙攣する。陶磁器よりもなめらかな白肌が桜色に染まり、杏奈の息が乱れた。悲鳴のようなあえぎ声を吐く。

「あぐっ、やっ、あああっ、動かさないで」

蚊の鳴くようないなきで、少女は哀訴(あいそ)した。青年は聞き入れずに、溶け合わせるように左右へ肉棒を揺らす。もう、すべてを奪ってやったぞ、と言わんばかりだった。

「あっ、ううっ、やっ……」

ピシッ、ピキッ、とガラスハートにヒビが入る。

屈託(くったく)ない度胸の裏にある繊細な乙女心を晒しはじめた。

「穢されているの？　わたしのアソコ……」

瞳は妖しく曇り、震える声で自問自答する。

「ああ、これで、処女は卒業だ。でも、いいオマ×コだなあ。よく絞まっているぜ。

まるで、もっと欲しいと言っているみたいだ。嬉しいねえ……もう少しで全部入る」

「えぇ……ああん、もう、これ以上は……んっ、ああっ……」

杏奈は弱々しく背後へ振り返る。

刹那、ゴリゴリ……と華蕊までの襞スジを削られる音が裸体に伝播した。美尻が強張り、可憐な唇が空気を噛む。蹂躙される不安と絶望感で目の前が真っ暗になった。

それなのに、亀頭が子宮頸部に触れたとき、快楽電流が女体に走り抜ける。電気ナマズを挿入されたように、熱癒の波紋が下腹部で何度も広がってきた。

「はっ、んんっ、ああ、杏奈のナカは穢れてしまったのね」

透明な涙の雫が、白い頬を伝った。

卓也はトドメの一言を放ってくる。

「そうだな。俺が子種を撒いて、完全に終えたらな」

「いやっ、さっきは膣内に出さないって……」

血液が逆流し、杏奈は睨み返す。深々とナマで貫いて、思う存分精子を放ちまくるなど、予想もしていない。すると、彼は短いストロークで抽送を開始してきた。

「こんなにきついオマ×コだったとは……我慢できるときと、無理な場合がある」

「んっ、やぁ……勝手なことを言わないでぇ……出してぇ」

悲鳴を甲高く叫び、杏奈は哀訴を繰り返す。

青年の口調が悪魔になった。

「出すよ。ここんところ、溜まっていたから」

「そんなことは聞いていない！　はやく汚いモノを抜いてぇ……やあっ、あっ、んんっ、奥ダメえっ、いやっ、ナカだけは……」

浴槽から上がろうと彼女はヒップを動かす。

そこへ、彼は強烈な突き上げを繰り出してきた。ズドンッと子宮全体が揺らされて、杏奈の意識は真っ白になる。

（ダメッ、中出しだけは……）

少しでも卓也を信用した己を悔いる。彼は借金取りの立場上、杏奈をキズモノにはしないと言った。若女将は、彼のまっとうな話に身体を委ねていた。

やがて、愛撫された女体は、若い肉棒をしなやかに受け入れはじめる。

「はんんっっ、やあっ、ナカだけはダメッ！」

「孕んだら里穂を恨めよ。じゃあ、出すぞ」

アッサリした返事で、卓也の禍々しいペニスがスレンダーなヒップに深々と突き刺さる。

「いやっ、いやあああっ……」

悪寒が走る桃尻の雪肌から背筋にかけて、マグマのような熱い飛沫が噴き上げられた。

声を出すまもなく、杏奈は空気を嚙みながら宙に細腕を伸ばす。何かを探り求めるようクネクネと裸体を泳がせた。子種は幼気な少女の子宮を食い破るぐらいの粘り気で、覆い被さってきた。

「ああっ、赤ちゃんが出来ちゃうぅ……」

ビクビクと白肌を痙攣させて、杏奈は深い闇に意識を沈めた。

第二章　未亡人熟女将の凌辱アクメ

1

　翌日の朝、美谷里穂が精霊温泉に戻った。ベージュ色の毛皮のコートに包んだ姿は、旅館の宿泊客の視線を浴びる。羨望や劣情、嫉妬の混じった眼差しを物ともせず、女将は口元に笑みを浮かべて、客先へ頭を下げた。

「お帰りなさいませ、女将さん」

「お疲れさまです。不在中、特に問題はなかったでしょうか？」

　手早くコートを脱いで、里穂は凛々しい美貌を引き締める。

「ええ。お嬢様は部屋にいらっしゃいます」

コートを預かった古株の従業員は、視線をそむけた。

「そうですか……」

従業員専用通路へ入ると、里穂は深く息を吸った。

三月の中旬は、空気が冷たい。それでも、ピンク色のセーターと黒のタイトスカート、ベージュ色のストッキングを穿いている。フルフルとたわわなバストラインが揺れた。

とおりすぎる従業員の視線がバストからヒップを撫でてきた。

（もう、男ってそんなに飢えているのかしら）

東京の広告代理店への挨拶まわりで、嫌というほど味わった視姦。おぞましさやいやらしさに慣れることはない。彼らの甘ったれた欲望を跳ね返すように、ピッチリと迫(せ)り出すヒップは丸々とボリューム感を主張していた。

精霊温泉が急速に世間へ知られて、東京や大阪に出向く機会が異常に増えた。SNSでパワースポットの温泉として、一躍、世界中に認知されたのはありがたい。最近は、外国人の客層も珍しくはない。夫が必死に守ってきた旅館が、愛娘の思いつきによるネット広告で繁盛していた。

（いいお客さんばかりなら問題ないけど）

お客様が神様という時代は終わっていた。公共マナーを無視する客や、ビジネス目的の観光客も多い。あらゆる方向にアンテナを張り巡らせる必要があった。

里穂は昨日の取材客を気にしていた。自室に戻らず娘の部屋へ足を運ぶ。

「ただいま。杏奈、入るわよ？」

若女将の部屋の前で、障子越しに声をかける。

「ああ、お帰りなさい」

娘の返事を確認して、里穂は障子を引いた。

「どうしたの？　いつもは玄関にきてくれるのに……」

母は疲労感を耐えて、娘に笑いかける。

「ごめんなさい。ちょっと、生理みたい……」

杏奈は布団に横になっていた。里穂の顔を見て、起き上がろうとする。

「いいのよ……」

そばに座り、里穂は起き上がろうとする杏奈の肩に手をかけた。彼女は白のパジャマ姿ではなく、ブラウンのニットワンピースを着ている。

「どうしたの!?　あなた、寝ていたんでしょ？」

「さっきまで、宿題をしていたの」

里穂はさり気なく机を見た。綺麗に整理された机上には、筆記用具の影もない。

「そう。あまり無理しないでね」

「はい。今回は軽いから、大丈夫みたい」

血色のいい顔で杏奈は笑う。

眼の光はどことなく曇っており、口調もどこか沈んでいる。

(どうしたのかしら……)

愛娘には、ある大事なことを隠していた。亡夫(ぼうふ)にかかわることで、気になる点がひとつある。今回の不意の訪問者を耳にして、嫌な予感が母の心をザラッと撫でた。

だが、心配しすぎたようだ。杏奈の笑顔を見て、懸念は払拭(ふっしょく)される。

「昨日の取材はどうだったの？　わたしには取材不要みたいね」

「ええ。大丈夫、問題なかった。わからない点は、母さんに尋ねてくださいと言ったから。たぶん、今日、女将に取材依頼があるかもしれないけど」

ウフフ、と杏奈は眼を細める。

「ええ!?　あなた、若女将なのよぉ。わからないことなんてないわ」

おどけた表情で娘の様子を見つめた。

(大丈夫そうね……でも、何かしら、この違和感は……)

杏奈の眼つきと態度に妙な変化があった。彼女は生理ではない。気怠さと微熱が続く精神状態ならば、服選びに気を配る余裕などあるはずもなかった

どちらかと言えば、疲労感で横になっていたらしい。初対面の相手に気疲れするほど、娘は弱くない。おまけに、少しだけ、大人びた雰囲気が身についていた。

「取材にいらっしゃったお客様は、スペシャルスウィートを予約されている人ね？挨拶がてら、取材に応じようかしら……」

どんな人間で、何を娘から聞いたのか、興味が湧いた。

「とてもいい人だったわ」

「本当に？　答えられない質問をするお客さんでしょ？」

「それは、わたしが不勉強なだけ」

娘は目元を紅くした。

彼女の表情を見て、里穂は安心する。ふだん、女将修行で厳しく指導することが多かったため、愛娘に嫌われていると思っていたからだ。

安堵の息をついて、熟母は座布団に横座りとなる。娘に引けを取らない脚線美がツルッと光った。夫を亡くした里穂は四十歳。年齢と釣り合わない若々しい肉体は、女将という職業の緊張感からなされている。

「男の人だったでしょ？　大丈夫だった？」

「そうよ。え、何のこと!?」

キョトンとする杏奈に、疑念は消え失せた。

「ごめんなさい。何でもないわ」

変な目に遭っていないか、という質問を引っ込める。

左手を伸ばして、愛娘の頭を撫でる。ほっそりとした指はなめらかに艶めいていた。

セーターの布地を張る胸元は重たげに動く。豊満な乳房の影がうごめき、その下からS字カーブを描いて、魅惑のヒップへうねりは流れる。

（たいした人ではなさそうね）

愛娘も年齢相応に人を見る眼はある。

彼女が警戒しないなら、人間的に問題がある男ではないだろう。昨日は世話になっている旅行代理店への挨拶まわりでも、特に大切な取引先を相手にする日だった。思わぬ隙を突かれて、里穂もとんぼ返りできずに困っていたのだ。

「じゃあ、挨拶してくるわ。あなたは、今日ゆっくり休みなさい」

障子戸を閉めて、里穂は宿泊客への挨拶を優先する。女将の部屋は、若女将の部屋と同様に離れにあり、旅館のスペシャルスウィートのほうが近い。カジュアルな格好でもかまわない相手と耳にしていたので、着物にこだわる理由もなかった。

（広沢卓也様……）

宿泊者名簿には、すでに眼をとおしていた。

「ああ、どうも、はじめまして」

「こちらこそ、不在ゆえ、失礼いたしました。当旅館の女将、美谷里穂と申します。今後とも、よろしくお願いいたします。若女将に取材された件で、ご不明点があったそうで……」

社交辞令を交わして、里穂は畳に指を揃えて頭を下げた。

部屋は十五畳の和室がふたつ。

ひとつは座卓、座布団、テレビ等が完備している。別室はかけ流しの露天風呂が横にある寝室。何もかもおろしたての新品を揃えていた。

客は大学生と見まがうほど、若くあどけない青年だった。浴衣を器用に着こなしており、柔和ながらも全体的に鋭い印象を受ける。外見と真逆な雰囲気を併(あわ)せ持つ理由は、彼の眼つきにあった。

「事前に質問内容を知らせなかった、こちらの責任です。いきなり若女将にお聞きする内容ではなかったと反省しています」

窓際の椅子に腰かけて、里穂へ顔を向けている。その視線が妙に鋭すぎた。いかつい眼つきや細目という話ではない。油断なく、余裕のある眼差しから年齢不相応な大物感が伝わってきた。

「今日はそのご質問にお答えしたいと思いまして。お客様のお部屋では不躾ですので、煩悩の湯へご案内いたします」

里穂は上目遣いの視線をそらす。切れ長の眼はパッチリした杏奈と違い、少し細い。鼻筋のとおった凛々しい小顔を、ぽってりした唇で結んでいる。その所作だけでも、生唾を飲み込む客がいることを、美女は知っていた。

(変化なしか……ちょっと警戒したほうがいいわね)

卓也の視線に変化はなかった。彼はあどけない顔を縦に動かして同意を示す。

「光栄です。場所は、昨日教えてもらいましたので。では、三十分後に」

彼は時計を見ないで言った。

「承知いたしました。では、失礼いたします」

内心、彼の言葉に動揺しつつも柔和な表情で、ゆっくり立ち上がった。ムチッと肉づきのいい太ももから臀部のラインを相手に晒す。ニット製の布地は桃尻にピッタリ貼りついて、丸々とボリューム感のあるふくらみを丸出しにした。

刹那、丸尻を手で撫でられたような錯覚に陥り、里穂は思わず振り返る。

「どうかなさいましたか？」

卓也が外の景色を眺めながら、尋ねてきた。

「いいえ……」

平静をよそおい、美女は部屋を出た。身震いするほどの生々しい粘り気が、布地ではなく生尻を撫でてくる。これまで経験したことのない淫らな視線の強さに、女としての本能が反応した。

あと味の悪い気分のまま、煩悩の湯で落ち合うことになった。


（あの客、湯のおもてなしを知っているのかしら？）

里穂は紅い温泉浴衣を羽織っている。スペシャルスウィートの客に限定して、背中を流すことがあった。もちろん、淫らな行為はご法度。陰部は隠した状態で、女将がスポンジを使い身体を洗う。浴衣を脱いで、水着姿でいっしょに湯に浸かることもあった。

ただ、一月から三月は基本的におもてなしをしない。この湯の媚薬成分が濃縮されて、文字どおり、煩悩を抑制できない可能性が高まるからだ。湯浴みを禁止するか、開放時間を限定するかのどちらかである。別の鉱脈から湧出する湯で、媚薬濃度を薄める時間が必要なのだ。

「この湯の説明は、若女将からございまして？」

浴衣姿で、里穂は青年に確認する。卓也はボクサーパンツの水着を穿いていた。彼の格好は里穂と湯を共にする前提だ。里穂は入浴するつもりなどなかった。

「いえ、特別な説明は……」

一瞬、美女は黙り込んだ。

（あの子、卓也といっしょに湯に浸かったのかしら……口どめされているの!?）

些末ながら愛娘の様子の変化が気になっていた。何かがあるとすれば、杏奈と彼がいっしょに温泉に浸かるぐらいしかない。そのとき、卓也は娘に手を出したのだろうか。

里穂の態度が変わった。

「大変失礼で恐縮なのですが……お客様、若女将に何かなさいまして？　あの子は大切な点を説明しないほど、抜けた子ではありませんわ」

腕を組んで、里穂は青年を睨む。彼は正面に立っていた。

落ち着いた口調で、卓也は話しはじめる。

「そうだな……俺が債権回収調査の取材にきた、と説明したくらいです」

一瞬、女将は彼の言葉を理解できなかった。

「え、今、何と……」

「ですから、借金の取り立て屋で話を聞くために宿泊している、と言ったのです。あなたも賢明(けんめい)な女性のようだ。薄々、俺の正体に気づいていたでしょう?」

卓也は呆(あき)れたように首を振った。

(まさか、杏奈はあのことを聞いたのかしら……)

背筋に冷や汗が伝う。

それは、里穂にとって借金よりも恥ずかしい秘密だった。

「あなた、何者なの?」

警戒心を露にして、里穂は距離を置いた。

「ですから、債権回収業者です。わが社の社長、東郷(とうごう)が御社の債権をメインバンクから買い取った。我々は何らかの手段で回収するか、もしくは転売する。ご存じでしょ?」

浴槽の縁に腰を下ろす卓也。

「まさか、あの子に変なことをしなかったでしょうね？」

「変なこととは？　俺は仕事を完遂するために、調査しているだけだ。何のことでしょう？　教えていただきたいものですねぇ……」

「そ、それは……」

　淫らなことは口にできない。女将の品位を損(そこ)なう行為に、里穂はためらってしまう。浴衣を羽織った肢体に、青年の視線が突き刺さる。

（急に態度が変わったような）

　底知れない彼の奥ゆかしさが不気味に映る。

「成人した女性と何があったか……母親なら、娘に聞くべきでしょう。彼女がしゃべりたくないことを、俺が話すとでも？　フェアじゃないですね」

「意味不明だわ。何をしたのか説明してください」

　飛躍した話に里穂は鼻白(はなじろ)む。

「困ったな。いいですよ……ただし、女将に話すなら条件がある」

「うっ、何よ……」

　もう、彼が客という意識はなかった。

「俺の説明どおりに、彼女のおもてなしを里穂さんが再現することだ。そこまでしなくてはならない理由を、母親なら理解するべきだ」

信じられない条件だった。はしたないおもてなしと、里穂はすぐに察する。

ただ、杏奈がふしだらな行為について、いっさい話さなかったのが気になる。愛娘が初対面の男に懐くのはありえなかった。それなら、脅迫されておもてなしに至ったのだろう。眼前の青年に何をしたのか聞かずにはいられなかった。杏奈は異性交遊に拙い娘であり、雅な性戯とは縁遠い少女なのだ。

「わかりました。あなたにおもてなしをするのは約束します」

娘を人質に取られた気分になる。

「さすが女将。即断即決はいいことです」

「ですから、杏奈が何をしたのか……」

卓也の挑発に乗るつもりはなかった。調子を合わせて、恐喝した内容を聞き出すだけである。

もちろん、青年は里穂のペースなど無視してきた。

「まず服を脱いでもらいましょう。彼女は全裸になりましたので」

「なっ！　そんな……ありえませんわ」

うなじを赤くして、里穂は怪訝な相を浮かべる。どこの馬の骨とも知れぬ男に、理屈の筋がとおっているからと素肌を晒せるはずがない。おまけに、娘が裸体で接待など、信憑性は微塵もなかった。

「動画撮影で記録は残してあります。ご覧にならないほうがいいと思っていました。どうされますか？　俺は動画と同じことをされても、嬉しくないですから……」

「えっ⁉　やはり、あなたはあの子を脅迫したのね！」

嫌な予感に里穂は眼つきを険しくする。彼は取材用の機材道具を持参していた。取材というからには、カメラとしか考えられない。まさか、あのカメラで娘の卑猥な時間を記録されたのだろうか。

卓也は浴室の隅で、三脚立てを出した。カチャカチャと組み立てる音が響き、あっというまに静かになる。ビデオカメラが設置されていた。

「そう言えば、彼女には借金の話をしていないそうですね」

「あの子に話す必要がないからよ。返済の目途はついているもの。先方に納得いただけるか、検討してもらっているわ。問題はありません」

「ほお、二百億円をあなたの代で完済すると……」

彼の提示した金額に、里穂は驚愕の表情へ変わる。

（ひょっとして、彼は……）

途方もない大金を、それ相応の担保もなく借りられるはずがない。卓也は借金の借り換えや、利子の上乗せが積み重なった結果と推測しているらしい。

「まさか、あなたはY社の方？」

「ええ。よくご存じですね。どうしてだろう……」

不敵な微笑みを浮かべて、卓也は粘っこい視線で見つめてきた。

(彼女の指示でやってきたのね……)

二百億。そんな返済不可能な金額を要求する相手こそ、今回、里穂が口にしたくない人物だった。ジトッと嫌な汗が額からうなじに浮かぶ。

温泉浴衣の紅い布地に里穂の濡れた柔肌がピッタリくっついた。わずかな隙間からのぞける胸元の絹肌や臀部のラインを青年はジッと眺めてくる。

「どちらにせよ、借金は返す。これは誰でもわかる話だ。杏奈に話したくないなら、あなたが取材を受けるべきだった。取材や宿泊客のふりをする借金取りは放置して、店の売り込みに行くべきではなかった。違いますか？」

「うう、それは……」

現実問題として、借金を抱えているのは事実だ。若女将にまったく話していないリスクは、里穂が負うべきである。良心の呵責に彼は訴えてきた。

「そうね。わたしが娘の責任を背負わないといけないわ……服を脱ぐ理由にはならないですけど……どうして脅迫に屈する必要が？」

卓也の口車に乗るつもりはない。

「勘違いしているな。脅迫ではなく、請求です。二週間で十億円を用意できるなら、話は別だ。俺はただの客じゃない。債権者なんだよ」

里穂の反応に、青年の態度が荒くなる。

「レイプするなら、警察を呼びますよ」

警戒心を露にして、里穂は相手を睨みつけた。

弱ったな、というように青年は首を振る。

「じゃあ、若女将を呼んでください。彼女に五十万円払い、おもてなししてもらいましょう。一日五人の相手をすれば、女将の年齢までに二百億稼げます」

「拒否します。いやらしい接待要求は受けつけません」

「借金があるうちは、女将に経営権はない。すべて俺にあるんだ。いい加減わかってくれよ！」

有無を言わせない迫力に、里穂はあとずさりした。

喉元までこみ上げた「でも……」という気持ちを抑えて、未亡人は頭を垂れた。髪を掻き上げながら、瞼を少し落とす。儚(はかな)げな濃艶さがグッと倍増する。

卓也はガラッと柔らかい口調で告げた。

「冗談ですよ。まあ、それぐらい本気で向き合ってもらいたい。俺もあくどい手段はとりたくないんで……一回ぐらい、いいでしょう？」

「うっ……笑えない冗談だわ」

キュッと浴衣の襟を握りしめた。その指は震えている。

彼なら本気で愛娘に淫らなおもてなしをさせるだろう。借金の経緯も知らない杏奈に辛い思いをさせてしまった。鉛のように重苦しい良心の呵責が美母の顔を曇らせる。

里穂の心理を読み取ったように、満足そうな表情で卓也は頷いた。

「では、服を脱いでおもてなししてください」

「くっ、ううっ……杏奈には言わないでちょうだい」

うながされるまま、里穂は浴衣の帯に手をかけた。無意識に指は震えつづける。そっと息を深く吸い込み、ゆっくり吐いていく。たっぷり脂の乗った胸部が揺れて、柔肌はうねった。

（一回だけの辛抱よ）

こみ上げる羞恥と怒りを吐息にこめた。

動揺する仕草を相手に見せないよう、気持ちを落ち着かせる。そんな心の整理を逆撫でするタイミングで、彼はストロボのフラッシュを浴びせてくる。

「やっ、写真はいやっ、動画の撮影もよしてください」

里穂は帯をほどく手をとめた。

「何を言っているの！　わがままは受けつけられないよ」

容赦ない卓也の反応に唇を嚙みしめる。

フラッシュから逃れるよう、相手に背中を向けた。桃尻のふくらみが浴衣の布地に皺を作る。亡夫以外の男性に裸体を晒すと想像するだけで、身体が燃えそうな羞恥に襲われる。モゾモゾと身体を左右に揺する。

「杏奈は耐えましたよ。いきなり借金の話で、裸になれといっても」

「うう、アンタって人は……」

いくら罵倒しても、気が済まないくらいの怒気を発する。

卓也はそんな歪んだ表情もフィルムに収めようとシャッターを切る。真っ白な光のシャワーを立てつづけに注がれながら、浴衣を脱ぐ。

「やっ……」

恥じらいの視線をチラッとカメラへ向けた。

肩口にかかる黒髪から、ハッとする銑白い背中が姿を現す。熟れた脂がついた肩甲骨まわりは、綺麗に引き締まっている。色香の漂う背中は双曲線にくびれて、ムチムチの豊麗な桃尻へ続いた。黒のショーツはフロント、バックともに布地の面積が小さく、ヒラヒラのレースで縁どりしている。網目模様の布地は、エロティックな雰囲気に華を添える。

「肉感のあるヒップだ。青臭いところがまったくない」

不遠慮に卓也は桃尻を褒めちぎる。

「ううっ、見ないでぇ」

顔から火が出るような気分になった。

(負けられないわ、こんなことに)

愛娘に消えない傷を与えてしまったかもしれないのだ。その忍耐(にんたい)に報(むく)いるためにも、眼前の男に屈するわけにはいかなかった。萎(な)えそうな心を必死に奮い立たせる。

ゆっくりとバックホックを緩めて、ブラジャーから外す。量感溢れる乳房がプルンッとまろび出た。トップの位置は下がりつつ、下乳の弾力性は健在である。

卓也の視線がギラッと強くなった。

「ほおお、大きくて美味しそうなオッパイだ」

「い、いやっ」

左腕でたわわな熟乳を隠そうとした。だが、その前の一瞬に、パシャリとフラッシュの光を浴びてしまう。大きなピンク色の乳輪、艶めいた乳首が撮影される。

「んふっ、やっ、ダメよ」

「変に隠すと、色っぽさが増しますけどね」

ククク、と嬉しそうに卓也は微笑んだ。

(ああ、なんでこんなことに)

おもてなし用に穿くビキニが見つからず、下着のままで煩悩の湯にきてしまった。会話だけで取材を終わらせるつもりでいた。下着から素っ裸の姿を晒すとは想像もしていない。

乳房を左手で覆いながらショーツを脱いで、右手で陰毛を隠す。しめやかな白い腕に、里穂の柔らかい熟房が歪んでいた。恥じらう姿は、高潔な女将から想像できないほどエロティックであった。

「残念ながら、そのポーズはここで終わり。次に、俺のボクサーパンツを脱がせてから、フェラチオしてください」

容赦ない卓也の宣告に、里穂は唖然(あぜん)とする。

（あの子、そんなことを）

清純高潔な娘に、男性器を口愛撫させたのか。母の身体中の血液が一気に沸騰する。一瞬、我を失うほどの憤怒で眼前が真っ暗になる。

「くっ、ううっ」

だが、杏奈の献身を水泡に帰す真似はできない。

恥部を隠すように、浴槽へ近づいていった。バスト九十センチのタップリの熟房が左腕でひしゃげる。Gカップの大ぶりな双球は、頂点の肉実だけ覆うのがやっとだった。

「ああっ、やあっ……」

その努力も青年の前に跪いて、徒労に終わる。

ボクサーパンツの端へ手をかけるとき、ユサユサと乳房がまろやかに揺れ弾けた。フルンッと重たげに波打つ美乳に、視線が集中砲火した。

「綺麗なオッパイは、嫌でも見てしまいますね」

「イチイチ言わないでぇ」

熱病に罹ったように、里穂の脳内が茹だった。上気する白肌は、ウエスト六十センチまで抉れるようにくびれている。丸みのあるラインの先に、魅惑のヒップと太ももが揃っていた。

「ふう、俺も興奮しますよ」

「きゃあっ」

生娘のように、未亡人は叫んだ。

ボクサーパンツを引き下ろすと、うなりをあげて、逞しい肉棒が眼前を掠めた。

雄々しく若々しい牡棒からは熱気と精気が漂ってくる。すでに先走り汁が亀頭から肉樹に伝い、野性味の強い匂いがムッと未亡人にやってきた。

（懐かしい匂い、ああ、いやらしい）

綺麗に剝けたペニスは勃起して、猛々しさを露にしていた。穢れていると内心で非難する一方、亡夫と反射的に比較してしまう。すさまじい野太さが里穂の奥底に潜んでいる官能を揺さぶってきた。

「観察するのもいいけど、舐めてよ」

腰を悠々と突き出して、卓也は命令する。

懊悩と逆鱗の混ざった眼差しで、里穂は屹立へ手を伸ばす。

（いい女だな……）

じゃじゃ馬の梨沙、ピチピチの杏奈とも異なる完熟の色気が堪らない。借金の経緯はあとで整理するとして、眼前の獲物を貪りたい欲求に駆られた。

　里穂の指先が亀頭をなぞり、絡みついてきた。長い指の柔肉の感触が心地よく、肉棒に広がる。指遣いは杏奈と桁違いに艶めかしい。

「うっ、チュッ……」

　裏スジの性感帯を、未亡人はピンポイントでキスする。ぽってりした唇がムニュッと粘膜に当てられて、時間をかけて吸いこんでくる。ジンッと蒼い快電流がほとばしった。

「もっとうまくできるだろ？」

　チラッと里穂は睨み上げてきた。汗ばんだ熟女の美貌は、顔射したいほど美しい。是とも否ともつかない切れ長の眼でじっと見つめてくる。

「今すぐやめたいほど恥ずかしいの。オチ×チンを噛み千切ってしまうかもしれないわ」

「それはないな……拒否するなら、そんなに愛おしそうなキスはしない。もし、セックスレスの期間が長かったなら、今すぐ挿入してやるぜ」

「いい気にならないで。自惚れないほうがいいわ」

冷たい瞳で彼女は言い放つ。怜悧になる美貌の雰囲気は、劣情をゾクゾクとうなぎ登りに跳ね上げた。右手の指がしっかり肉棒に巻きついてくる。ゆっくりしごき、握る力を微妙に変化させてきた。赤黒い肉瘤を同時にペロペロと舐めてくる。舌も粘膜瘤を単純に這うだけではない。尿道口や亀頭冠のエラを徹底して攻めてきた。

（いい手コキとフェラチオだ）

彼女はいきなり性感領域を射精まで引き上げてこない。耐久性や怒張の太さを確かめる仕草がいじらしい。やはり、未亡人はモノ欲しそうな愛撫をしていると感じた。

「ねえ、あの子はどうしていたの？」

「亀頭を咥えて丁寧に舐めてくれたな。最後、アイツの喉にザーメンを打ち込んだらゴックンまでしてくれた。イラマチオは胸が痛むからやめたよ」

「鬼畜！　変態！　どうしてそこまでしたの！」

「俺も観光にきたわけじゃない。二百億の債権回収が成功しなければ、いっしょにあの世へ飛ばされるかもしれない。杏奈の奉仕した気持ちを汲んでくれよ」

ううう、と里穂は悔しそうにうめき、フェラチオのギアを上げてきた。ぽってりした唇を亀頭に押し当ててくる。ゆらゆらと爆乳が眼下で不規則にうごめいた。綺麗な乳肌はマシュマロのように柔らかそうで、しかも全体的に垂れていない。

「ぐお、いいぞ、その調子だ」

快楽の波頭が一気に防波堤を超えかける。有名旅館の貞淑な女将、という表の顔も背徳心を昂らせた。

愛娘を守れなかった贖罪と、熟女の情欲で苦悶する顔面は、少しずつ蕩けていく。どす黒い熱塊が、彼女の舌に呼び寄せられる。

ふたたび柔らかく温かい感触に亀頭が包まれた。

「チュウッ、ジュルッ、は、うっ」

先端を唇で咥えて、里穂は顔を離す。鋭い刺激が怒張を燃やし、心地よい波となって広がった。甘ったるい唾液が淫らに濡れ落ちる。

「大きくて咥えきれないわ」

「おもてなしだから、気持ちよくしてくれればいい」

中途半端なフェラチオに終わるなら、相手の頭を拘束し、口マ×コにしてしまおうかとも考える。だが、彼女も武道を身につけているようで、油断はできない。まだ瞳の奥に抵抗心を感じる。本当にペニスを噛み切る可能性もあった。そこで、淫らな命令をくわえる。

「パイを使えばいい。パイズリフェラだ」

「えっ、あ、ううっ」

はち切れんばかりの熟乳に視線を落として、里穂は戸惑う。

(ほお、オッパイでチ×ポを味わったことがないのか)

未亡人の様子から、やったことがない淫戯と想像がついた。たわわな乳房を両脇から寄せて、肉柱を挟み込んでくる。その様子はとてもたどたどしい。剛直は長大で、彼女のGカップでも鈴口までは挟みきれない。

「はあっ、大きぃぃ……」

ぽってりした唇からため息がもれた。ゾクッと背筋に快感が走って、男の自信が高まる。上気した眼は潤んでいた。不安気に見上げる里穂は、念を押した。

「ねえ、本当に話してくれるのよね……」

「杏奈にしたことが、そんなに気になるかねえ。安心してください。壊しちゃいないから。本当に借金を今すぐ取り立てるためなら、女将の前でセックスするし……」

「ああ、本当にシタのね……」

ショックに打ちひしがれる里穂。まさか、いきなり結合まではしていないとでも思ったのだろうか。隷属(れいぞく)させるには、半端なセックスはしない。子宮が破裂するくらいの爪痕を残さないと意味がない。

「そんなことより、奉仕しなさい」

卓也の命令で、里穂は媚乳を手繰(たぐ)りだす。完熟のふくよかな乳肉が、卑猥に形状を変えてペニスをマッサージしてくる。膣のような粘着質な肉圧の心地が、ジワジワッと竿に伝わった。

「うぐっ、熱いぃ」

キリッとした眉をしならせる里穂。高潔な未亡人が魅せる陶酔的な表情と、爆房を掬(すく)い上げてくる姿勢は、淫乱女のようだった。チラチラと上目遣いに送ってくる視線は、グイッと牡欲を吊り上げる。

乳朶を必死に寄せる彼女の肌は、ミルクのように白い。しかも、シミやホクロがなくムダ毛まで剃っている。上下に動く紅い乳首はしこり尖って、ツンと斜め上を向いていた。

「んっ、んんぐっ」

やがて里穂は淫戯に集中する。

怒張へ唾液を垂らし、先走りといっしょに吸い取ってきた。卑猥な水音がふたりの鼓膜を震わせる。ぽってりした唇が赤黒い亀頭にピッタリ貼りつく。ネットリと舌が鈴口を飴玉のようにしゃぶり、射精を促(うなが)してきた。

「そうそう。素直になれば、お互いの信頼が深まる。俺も鬼ではない。あなたの態度次第では、悪いようにしませんから」

快楽に満悦する声で呻いた。

(もしかしたら篭絡できるかもしれない)

里穂は別の作戦に切り替えていた。

借金取りに中途半端な説明は意味がない。この件について、愛娘には言えない事情もある。

彼は娘に手を出した。これは許しがたい暴挙だが、変に責めれば何をされるかわかったものではない。動画をばらまかれる可能性もある。それなら、淫戯で懐柔するしかなかった。

「大きくて熱いのぉ。ああ、硬いぃ」

羞恥心をこらえて、里穂はいやらしく声をしならせる。

乳房の谷間に居座る太幹は、鉄棒のようにゴツゴツと硬く、灼熱の血潮に脈を打っていた。柔らかい乳肉で圧迫しても、ビクともしない圧倒的な存在感を孕んでいる。

(でも、若いし、つけ入る隙はあるはず……)

卓也はどう見ても二十代。外見は優しそうで純真な青年である。持てあます牡欲を翻弄すれば、立場を逆転できるかもしれない。

その隙に乗じて、杏奈の屈辱の時間と己が痴態を演じた動画は、回収させてもらう。

理性では割り切っていても、亡夫には見せられない不貞の姿を演じると、不思議なほど身体が火照った。

「あふっ、ううんっ」

相手と視線を合わせたまま、怒張にキスをする。チュパッと唇を離して、ゆっくりと亀頭を咥え込む。顔を少しずつ深く沈み込ませて、亀頭冠まで唇筒を埋める。ピクピクと勢いよくペニスは反応するが、射精する予感は到来しない。

「美しい女将にフェラチオで気持ちよくしてもらうのは、光栄だな。もうひと押しだ」

ハアハアと息を切らして、卓也は淫戯を褒めたたえる。

(濃い匂いで、とても熱いのに……耐性がすごい)

バキュームフェラから、舌で尿道口を突っついたり、裏スジから舐め上げたりした。

灼けつく感触が舌を焦がす。栗の花の匂いを嗅いでいると、里穂は次第に女体の芯まで疼かせてしまう。

しばらく緩急をつけて、ペニスを咥えていたときだった。

「里穂、俺が攻めになるよ」

「え⁉　やっ、あぐっ」

黒髪をつかまれて、グイと股間の棒を喉奥深くまでのまされた。窒息感に里穂は、極限まで切れ長の眼を開く。卓也のペニスに口内はすぐに埋められた。

「やっ、うぐっ」

喉奥まで貫かれた里穂は、ドンドンと相手の太ももを叩く。侵入を防ぐには、厚い唇で竿を喰い締めるしかなかった。溢れる唾液が顎に伝い落ちる。

「少しだけだよ。我慢して……」

「んんぐっ……」

瞼をギュッと閉じた。目尻から涙を流して、未亡人は空気を飲み込むように息を吸う。

ジュポジュポと卑猥な摩擦音が女体を燃やす。怒濤のピストン運動に、里穂は眼を開ける。大きな瞳を瞬かせて、卓也を見上げた。媚乳がユサユサと跳ね揺れる。

(力強いストローク。ああ、一方的に攻められているのに感じちゃう)

肉瘤が喉元を抉ってくる。むせそうになると、速射砲はわずかに収まった。急いで息を吸い込むと、次の攻めを口内粘膜にくわえてくる。ふたたび、ギュウッと瞼を閉じて、地獄のひとときの終焉を待つ。

イラマチオも里穂は経験済みだ。

ただし、亡夫のペニスとは桁違いのサイズで攻められて、あっというまに主導権を相手に奪われた。抵抗叶わず、里穂は両手を相手の下腹部に置いて、拳を握りしめる。

「うう、気持ちいい……」

「あぐっ、やっ、あんっ」

どうやら、彼は本気で喉粘膜に穿ち込むつもりはないらしい。

フェラチオで焦らされて、暴走したようだった。窒息感で顔面蒼白になる里穂の様子を確認して、卓也はペニスをすばやく抜き出した。白く泡立った唾液に光る怒張を、乳房に押し当ててくる。

「やっ、あふっ……」

尿道口の穴に乳首を合わせるよう、亀頭が熟乳にめり込む。肉槍が尖り立つ乳腫に触れて、妙な心地よさを感じる。シルキーな柔乳に、赤黒い鈴口がムニュリと埋まった。指で押される感触とは違い、あとを引く刺激に未亡人は困惑した。

鬼畜の形相で、青年は嗤う。

「悪くなさそう。いい気持ちみたいだね」

「勝手に決めないで、あぐっ……」

唇を尖らせると、容赦なくペニスを突き刺される。火照る美貌を揺らすと、口内粘膜が怒棒の先端に冒(おか)された。片頬がふくらみ、美貌を崩される里穂。

かつて味わったことのない屈辱感に貫かれつつ、未亡人は肉棒への愛撫を続けた。

(ああ、どうして、こんな辱(はずかし)めを受けて感じちゃうの……)

被虐悦に蝕(むしば)まれて、里穂は肉棒を甘くしゃぶりだす。気がつけば、自分から顔を前後させて、牡肉をしごきたてていた。唇が陰唇のごとく、ネットリと肉竿に絡みついている。

亀頭が細かい痙攣をはじめた。

「いやらしい顔になったな。んおっ、ううっ、出るぞっ……」

「いやっ、口のナカだけは……顔もいやあっ」

唾液まみれの唇を懸命に動かし、未亡人は哀訴する。悲鳴を発する女の指は、硬い棒をしっかり握りしめていた。卓也はおかまいなしにズボッとペニスを喉奥に嵌(は)め込んでくる。

「あぐっ、ふぐっ……んんっ!」

精液は唐突に、未亡人の喉元へ放たれる。裂けんばかりに眦を開き、相手を見上げる。邪悪な視線に逆らえず、ドロドロの粘液を飲み干していく。灼ける熱さが白い喉をうねらせた。

2

ブルッと何度も腰を震わせる卓也。彼のおびただしい牡欲を、ゆっくり嚥下する里穂。しばらく、萎えない肉棒に未亡人は美貌を埋めていた。しばらくして、勢いよく性器を離す青年は、里穂の頭からも手を放す。

「んあっ、はあっ……ひどいわっ、もおお！」

上擦(うわず)った声で呻いて、里穂は横座りになる。濃厚な野性の味が口内に残り、厚い唇から涎(よだれ)が垂れた。激しく肩が上下し、まろやかな乳房は気忙(きぜわ)しく揺れる。

「いいおもてなしでした」

卓也は穏やかな声でいう。さっきまでの感情のうねりはなく、底知れぬ不気味な雰囲気を漂わせる。そのくせ、眼前でうごめくペニスはまったく萎えていなかった。

口元を拭(ぬぐ)い、未亡人は睨み上げる。

「それでは、話を進めましょう。杏奈はわたしのことを何と言っていました？」

「特に何も。この旅館を守りたい気持ちは、セックスから伝わりました。しかし、二百億の債権は、俺も疑問があります。いくら有名旅館でも、事業拡張の投資額には多すぎます」

青年はさっきと違う話を口にした。

（この人に、事実を話して信用するかしら）

二百億という債権には秘密のカラクリがある。しかも、彼に関係する内容だった。

「新規事業には、ほとんど手を出してらっしゃらない。非常に手堅い商売を続けられている。従業員も必要最低限で、血縁者しかいない。わたし自身、上層部からの情報と齟齬（そご）があり、調査に悩んでいます」

率直に彼は疑問をぶつけてくる。

「その債権の話は偽物なの。融資は受けたけど、そんな大金を都合できる手腕はありません」

里穂は覚悟を決めた。卓也には真実を話す必要がある。

「あなたはすり替えられた債権書類を持たされている。いいえ、融資書類の原本はもらっていないでしょう？　上司に跳ね返してちょうだい」

「それは無理だ」

アッサリと青年は言った。

「今回の案件はメガバンクから委託されたものです。違法に水増しするはずがありません。証拠があれば、話は別ですが……」

「こちらにある書類をすべてご覧になっていただければわかります。返済計画も納得いただいたの。ですから、融資担当とは決着がついています」

「ふむ。お話はわかりました。たぶん、急いで回収するため、債権の金額を跳ね上げたんでしょう。よくある話です。十年で計画的に破産する法人もいらっしゃいますので」

彼は聞き慣れた様子で首を振る。

(貸し手の事情もわかるけど……こちらの情報をすべて話したくない……)

だが、説明しなければ、彼は本気で回収手段を講じるだろう。

「いいわ。事情をお話します」

「事情？　いえ、俺は聞く必要がありません」

取りつく島もない返事で、卓也は浴槽に入った。彼の視線は里穂の太ももから乳房を執拗に往復してくる。フェザータッチでふくらはぎから触り、粘り気の強い感触が迫り出すヒップを撫でまわす。汗に濡れた絹肌を震わせれば、ゆっくりと乳房のふくらみへと移ってくる。

(外見と違って、いやらしい視線……ただの変態かしら)

恥じらいに内股を閉じて、乳房を腕ブラで隠す。

彼は債権者として、債務者に深入りしたくないようだ。私情を挟んで、判断を間違えば彼自身の立場が危うくなる。冷静に考えれば、当然かと美貌を曇らせた。

「美しい顔が台無しだな……仕方ない。聞くだけなら……」

いきなり卓也は態度を軟化させる。

「本当ですか!?」

「ええ。下のオクチでフェラチオしてもらいながら、でしたら。嫌ならやめておきます。このまま、債権回収手段を後日、提案させていただきます」

待ってください、と里穂は叫んだ。

(それって、セックスじゃないの……)

亡夫の姿が脳裏に浮かぶ。彼の守ってきた旅館を穢されるわけにはいかない。そのためには、誰かが犠牲になる必要がある。事実、愛娘の貞操は奪われてしまった。

夫との聖域が次々と蹂躙されていく。里穂は強張った表情で卓也を見る。

「とりあえず、湯に入りましょう」

手招きする青年に容易く調子は合わせられない。

「娘もいっしょに入浴したんでしょうか？」

「ええ。気軽に応じてくれましたね」

ニッコリと卓也は笑う。

（そんな馬鹿な……ありえない。昨日、よっぽど辛い目に遭ったのね……）

罪悪感に美母の心は潰されかける。

三月が終わるまで、煩悩の湯は注意が必要だ。媚薬効果を謳っているものの、科学的な根拠は明確に証明されていない。催淫効果と思しき成分を確認しているだけだった。だからこそ、今までの実績を重視する。男性より女性のほうが十倍以上、高い効能を発揮するらしい。

「媚薬効果なんて、ないような気がしますね」

「年齢、性別、個人の体調に拠りますので……」

曖昧に言葉を濁し、里穂は声を落とす。

「百聞は一見に如かず。あなたの身体で確認しようじゃないですか。媚薬効果も債権回収の手段に考えています。それとも、娘さんのセックス動画を闇に流す営業活動でも提案しましょうかね？　それぐらいしても、焼け石に水かもしれないですが……」

　卑猥に笑い、浴槽の縁に座る卓也。

「うう、わかりました……」

　ギュッと拳を握りしめて、唇を噛む里穂。

　乳房と陰部に手をあてながら、距離を置いて浴槽に近づく。両腕を閉じた体勢で、胸元のふくらみは肉感を増した。卓也の視線を気にすると、不自然に腰をよじらせてしまう。

　ほのかな湯煙が立ち昇る濁り湯へ足を浸ける。想像しているよりぬるま湯の浴槽に身体を沈めた。乳首を完全に湯へ潜らせる。

「それで、下のオクチは準備よろしいですか？」

　青年はさらりと尋ねてきた。

「ああっ、それだけは……嫌です。ああ、それだけは……」

　眼を潤ませて、相手の憐憫（れんびん）を請う。

　時間が経過するほど、未亡人には身も心も不利な状況であった。鉱泉の温度が低い日は、催淫効果が高く、本来なら入浴は控えなければならない。三分もすると、きめ細かい白肌の毛穴から、淫らな肉欲が溢れ出す。

「娘さんがされたことを、履行するだけでいいです。若女将のサービスもできないのに、借金の返済について相談するなんて、おかしい話でしょう?」

「あっ、それは……でも、ああ、あんっ!」

ゆらりと青年が近づいて、里穂の太ももを撫でてくる。とっさに距離を取ろうとするが、ムラムラッと何かが燃え上がり、心地よい火花が脳裏に弾けた。

(もう、催淫効果が……)

眼の前が真っ暗になった。相手の手首をつかむと、すかさず卓也の左手が右の乳房を掬い上げてくる。ムチッとした熟脂肪の球体に、容易く指は吸いついた。

そのまま関節が微妙に曲がり、卓也は指先を軽く生乳にめり込ませてくる。

「あっ、んんっ……ちょっと、んふっ」

鼻先で火花が起こり、里穂は息を乱す。

「すごいボリュームだ。バストは何センチ?」

「え、そのっ、あっ……ふぐっ!」

卑猥な質問に神経を逆撫でされて、意識がハッキリとする。その直後、人差し指と親指が乳首の横腹を摘まみ、しごき上げてきた。甘美な花火が肉厚な裸体の中で、何発も弾けては広がっていく。

「あえぎ声は聞いていません。里穂のバストは何センチ？」

右手の指が鮮やかな軌道で熟裂まわりを撫でてくる。敏感な粘膜の陰唇は厚く、ソロソロと指先をなぞらせて、熱い刺激を送られた。

「んぐっ、はううっ……」

ぽってりした唇をへの字に結ぶ。完熟の女体をくねらせ、里穂は声を震わせた。怒りによる感情の揺らぎよりも、蕩けるような昂りへの反応だった。あと一歩でヴァギナに到達するラインを執拗に弄ってくる。

「うっ、九十センチですわ」

顔を俯かせて答える熟女。

「やっぱり大きいんだねぇ……」

卓也の左手は乳房にへばりついてくる。乳首の張り具合を確認するように、親指と人差し指がクルクルと生乳の柔肉を押し撫でてきた。一方、右手も股のつけ根に貼りついて、縦裂を上下にスライドしてくる。

「あなた、いきなり……ぐっ、はうっ」

「さすが里穂は四十歳の熟れ牝だ。感じるときの表情が違う」

「感じてなんかいません！」

強く否定して、女は首を揺する。ルの字型に内股を強張らせて、堅く閉じた。だが、男の手は侵入しており意味をなさない。浴槽の端に背中を預けて、両腕を縁へ載せた。彼の両手のどちらかの指が動けば、里穂は甘い炎の息を上唇の隙間からもらす。

「あっ、ふうっ、んっ」

ゾワゾワッと甘美な痺れが腰まわりに走った。おぞましい恐怖感はない。そのとき、里穂は煩悩の湯の効果が絶大になっていると悟った。性欲盛りの四十歳の裸体が浅ましい渇望にくねる。

（こんなときに、相手が悪すぎるわ）

青年の指遣いは老獪な趣さえ感じた。ムチムチの太ももは柔らかく、いくら強く閉じても手の動きまではとめられない。やがて、親指が陰核をグッと圧してくる。鋭く下半身が反応し、力が抜けてしまう。

「ウエストもくびれている。何センチ？」

「答える必要はないですわ。あっっ……はんんっ！」

澄んだ声でいないないて、里穂は天井を仰ぐ。

白く艶めかしい首筋を相手に晒す。刺激が強くなると卓也の両手首をつかむ力が弱くなった。丸々としたヒップを動かして、指戯から逃れようとする。だが、クリトリスを微妙な塩梅で捏ねられると、浮かしかけた桃尻の芯がジンッと熱くなった。

「こんな前戯でも感じますかね？　あなたの説明とやらを聞く時間にするつもりでいましたが」

「んっ、じゃあ、触らないでください。あふっ、指をナカに入れちゃダメ」

「そんなにエロい反応をするからだ。それで、ウエストとヒップのサイズは？」

卓也は同じ質問を繰り返し、中指をヴァギナの内部に侵入させてくる。熟膣は指をのみ込み、内奥へ誘惑するようにうごめく。指の動きに気を取られていると、乳房をむんずと鷲づかみにされた。指先はGスポットまで侵入してくる。

荒々しい攻めにも、里穂は艶めかしい声で反応してしまう。

「んんあっ、いやっ、ああ、お願い……」

「ククク、感度が高すぎますね。イカせてあげましょうか？」

興奮気味に青年は両手の指をしならせる。

（上から目線で言わないで！）

借金取りなら淫戯をしても許されると勘違いしているのか。

里穂は屈辱感と憤怒に神経を高ぶらせた。すると、鋭敏になった性感が相手の攻めを受け入れて、愉悦の花火を爆発させられる。ピクッと柔肌が引き攣った。

　相手の手首に爪を立てる里穂。

「いやっ、ウエストは六十、ヒップは九十です。話は、あなたに債券回収を命じた人間と知り合いということよ。んあっ、でもっ……もう、これじゃあ……」

「ほお。社長の東郷梨沙をご存じなんですね。俺の読みが当たりそうだ。まあ、とりあえず続けましょうか……」

　どうやら、卓也の想定範囲内らしい。

(なんて男なの……やっ、いやらしい動きはしないで)

　一気に犯してくれたほうが、遥かに気分は楽になる。湯に浸かる時間に比例して、身体が淫らになってしまうからだ。下手に抵抗しない理由もそこにある。男は憎らしいほど、ねちっこい動きを繰り返す。舟底を割り込む指先が、クイクイと曲がるたびに下腹部は痺れるような快楽で弾けた。

「エロい表情だ。こんな悦んでくれるとは」

「あっ！　ふあっっ……」

　紅い乳首とＧスポットを同時に強く捻り込まれて、勝手に里穂の裸体は弓なりにしなる。眉根を寄せて、気の強い目尻が下がった。熟女の裸体は一気に感度が跳ね上がる。

内奥をのたうちまわる肉欲が、白い喉元を震わせた。

（イキたくないのにっ……あ、見ちゃいやっ）

初対面の男にアクメ面を晒したくない。指戯でイカされるなど、淫乱女の手本みたいだった。身持ちの堅い女将としての矜持が、頭をよぎる。

「ホラ、イケよ。楽になって、牝に堕ちなさい」

残酷な命令と共に、グッと指が里穂の急所を抉ってきた。豊満な裸体が一瞬で弓なりに反る。甘く心地よい電気が溢れんばかりに、女の快楽神経に流れ込んだ。

「ああ、もうっ……いっ、イクッ！」

ブルブルと裸身を痙攣させて相手の思う壺に嵌る。パシャパシャと乳房が湯面を叩き、はしたないよがり声で、未亡人は牝のいななきを吠えあげた。

蕩けきった媚肉は愛液に濡れて、千切らんばかりの勢いで、卓也の指を締め上げる。

青年は勝者の微笑みで指の動きをとめた。乳房に沈んだ相手の指の間から、ムチムチッと熟脂肪が卑猥にはみ出している。

（若造にイカされるなんて……）

ひとまわり以上も年下と思しき青年に絶頂へ飛ばされるのは、煩悩の湯であっても屈辱しかない。しかも、相手は悠々とした態度で、落ち着いた素ぶりだった。

「はあっ……はっ、もう、指を離して」

里穂は乳房を揺らしながら、相手を睨む。卓也は淫戯に満足したのか、彼女の言うとおりに両手を放した。油断ない眼つきで、熟女の様子を眺めている。

「それでは、話を聞きましょう。債権をすり替えたのが東郷と言いたいようですが……」

「ええ。そのとおりです。融資とは関係ない私怨を持たれていまして。あまり杏奈には話したくないの……」

朦朧とする意識を奮い立たせて、里穂は言った。

珍しく卓也は端正な顔を歪める。

「私怨なら、俺も聞きたくないな。それは、東郷とあなたの問題だ。俺は自分の仕事を遂行するだけです。この旅館と土地だけなら、二百億の価値はない。だが、鉱脈は別だ。経営だけで回収できる債権ではないので、すべて譲渡してもらえればいいんです」

残酷非道な見立てを指摘されて、女将は声を荒げた。

「そんなこと、できるはずないじゃない！」

「あなたたちの主張は自由。採用するかは、俺が決めることだ。さてと。バックの体位になってください。聞きわけのない女将のオマ×コを拝んでおかないと……」

里穂は震え上がった。こうなれば、相手を篭絡するしかないと思い定める。服従したふりをしながら、こちらの希望どおりに動いてもらう。冷静な青年でもセックスで牡になれば、牝の言いなりになる可能性もある。

身体を反転させて、ヒップを湯面から出した。丸々とした生尻の肉づきのいいふくらみに、卓也は生唾を飲み込んだ。ムチムチの白尻は熟れた脂がタップリ乗っている。

（ああ、徹さん、ごめんなさい……）

亡夫に心から詫びる。未亡人の里穂が聖域を許したのは、徹だけだった。本来なら、初対面の男に熟裂など晒すことは想像もしていない。罪悪感が女の心にのしかかる。

「へえ、けっこうヤリこんでいますね。エロいオマ×コだ」

「やっ、あまり見ないでぇ」

視姦から逃れるように、ヒップを動かす。夫が亡くなって以来、セックスレスの状態が続いていた。結合すると悟った瞬間、全身の血液が沸騰するほど興奮してしまう。白い濁り湯の水面が跳ね乱れた。

そんな里穂の気持ちなど、卓也は汲んではくれない。

「ケツを上げなさい。往生際が悪いぞ」

スパアンッと尻肌が波を打つ。青年の手が熟尻を叩いてくる。

ジインッと熱い火照りを覚えて、切なげに背後へ振り返った。

「乱暴はよしてください」

「だったら、早くヒップを迫り上げろ」

急かすように、青年は肉棒の先端を太ももに押し当ててくる。

信じられない広さの亀頭に、豊満な臀部が跳ね上がった。里穂は無意識に不浄(ふじょう)の穴を開閉させる。放射状の皺が卑猥に伸縮を繰り返した。その下に、長い縦裂が姿を現す。

盛り上がった焦げ茶色の大陰唇は開いており、分厚い花弁がウネウネとうごめく。

「ククク、清楚な女将のオマ×コと思えないな。ずいぶんと貪欲(どんよく)にビラ肉がうねっている」

「言わないでぇ、はああっ、やっ、んんっ……」

屈辱感を思いっきり煽られて、里穂の瞼の裏に涙が溢れる。悔しさに歯嚙みするものの、煩悩の湯に浸かった影響か、肉芯は異常に疼いている。相手の肉杭を意識して、熟弁が勝手に開く。

（わたしったら……何を考えているの⁉　ダメ、はしたないわ）

これは卓也をセックスに溺れさせるための儀式。先に浅はかな欲沼に沈むわけにはいかない。ドロドロと爛れた愛欲が子宮を覆い尽くしてくる。ジワジワと搔痒感に胸まで切なくなった。

四十歳の未亡人は美貌を振り立てる。

「想像以上に蕩けている。馴染ませる必要もないな」

ポツリと卓也はつぶやいた。湯面から湯煙が上がらず、生尻が相手の視界にハッキリと収まる。同時に、里穂の瞳に巨大な肉棒が映った。

「いやあっ、うっ……んんっ……きゃああっ」

ドクンと心臓が脈動し、里穂は悲鳴をあげる。

ボリューム感満点のヒップが逃げないよう、卓也はくびれたウエストをしっかりつかんだ。

「杏奈を出産しているんだ。こんなチ×ポぐらいでガタガタ言うなよ」

「やあっ、せめて、ゴムをつけてから……」

貞淑な女将は啜り泣いて、食い下がった。

（こんなペニスで奥まで突かれたら、狂ってしまう）

愛娘や亡夫のことは雲散霧消した。

それぐらい卓也の牡棒は逞しく、毒々しいくらいに精力絶倫に見えた。フェラチオしたときよりも肥え太り、肉瘤はビクビクと雄々しく反り返っている。

毒キノコの剛直を穿ち込まれたら、堕欲に流されてしまうような気がした。

「さっきと大きさは変わらないぜ。ゴムをつけるなら、破れるまでピストンするからな。アンタの事情を汲むかどうか、これに懸かっていると思え」

「ひいい、そんな……」

やめて、と言わんばかりに里穂は相手に腕を伸ばす。身も心も拘束された熟女のあがきを、卓也はニヤニヤと眺めている。それから、ゆるりと亀頭で媚裂をスライドしてきた。

「ふあっ、あっ、熱いぃ……ううっ、んうっ」

ピクピクッと桃尻を波打たせて、里穂は眼を閉じた。何を口走るか不安になり、慌てて両手を浴槽の端につける。自然にヒップを迫り上げてしまう。

(何て硬いのぉ、ああ、どうしたいの……わたしは!?)

亡夫の徹しか男を知らない里穂。背後の青年はどんなセックスをするのだろうか。

あのはち切れんばかりのペニスをどう操ってくるのか。

無意識に子宮の掻痒感が酷くなり、蜜合を請うように双臀は揺らめく。淫猥な反応を、冷静に卓也は観察していた。いきなり挿入せず、しばらく、ラビアを微妙な力で圧してくる。ズキン、ズキンッと膣壺の中で、渇望のうねりが反響する。

「んっ、あっ……」

ゆったりと誘うようにムッチリしたヒップをうねらせる。

卓也は里穂の心理を読み切ったように、亀頭の先端で媚裂を炙ってきた。赤黒い瘤肉が白く濁った愛液まみれのラビアを歪ませてくる。クチュ、グチュッといやらしい音が耳朶を打つ。

「はっ、ふっ、はあっ、やっ」

いつ穿ち込まれるか、気になって仕方がない里穂。

タイミングを見て、卓也は最後通告する。

「ククク、さて、いくぞ！」

ゆるりと肉瘤が熟花弁を左右に押しのけてきた。ヌルッと愛液が亀頭に伝って、柔ビラはネットリと怒張に絡みつく。まとわりつく秘粘膜にかまわず、卓也の鈴口が一気に内奥へ入り込んできた。

ズブッ、ズブリッ……灼熱の感覚に丸尻が色っぽく震える。

（やあっ、あぐっ……ここまで大きいなんて）

挿入されてわかる亀頭の野太さに、呼吸もままならない。窮屈な膣壺を思いっきり蹂躙される屈辱感があとから胸にこみ上げる。それでも、心地よい刺激がゆっくりと胎内に渦巻いた。

「どうだい、俺のチ×ポは？」

「うっ、ああっ……入ってこないでぇ……あぐっ……」

感想を尋ねられても、里穂は答えられない。

さらに卓也は愛蜜溢れる女穴へ竿を突き刺してきた。Gスポットに到着すると、擦り上げを強めてくる。呼吸を整えた熟女の裸体が弓なりに反った。

「あ、んんっ……んああっ」

久しぶりの感触に、里穂はぽってりした唇を開ける。こぼれ落ちるのは、悲鳴ではなく女としての喜悦のいななきだった。逆ハート形のムッチリしたヒップに、静々（しずしず）と肉棒が挿入されていく。肉の輪が極限まで拡張されて、得も言われぬ快感に襲われる。

「意外と……新品に近いな。ガバガバの緩々（ゆるゆる）かと思ったが」

「そんなはずないでしょ……うあっ、はあっ……」

グニャリと膣襞を蹂躙される息苦しさに、ヒップを引かせようとした。だが、卓也にウエストを固定されては、されるがままになるしかない。

（ううっ、ヤリ慣れているみたい。見かけどおりの坊やじゃないの……）

若すぎるあどけない雰囲気から、心のどこかで卓也を甘く見ていた。口先だけの輩（やから）なら馬脚を現すと侮（あなど）り、先に快楽に懊悩し屈服するのは青年と思っていた。

「勝手に逃げるなよ。一回のセックスで杏奈を出産したわけじゃないだろ？」

馬鹿にするように卓也は嗤う。

「うぐっ、太すぎるわぁ、優しくしてぇ」

怒りと恥辱が里穂の脳を燃やす。それでも逞しい肉棒で理性は一杯にされていた。啜り泣くような哀願口調になってしまう。

卓也の返事は冷酷なものだった。

「我慢していれば慣れるよ。これだけ柔らかいオマ×コなら。ふうう、やっぱり奥にいくほど襞が細かいな。トロトロになって、吸いつく感触は堪らんね」

「感想なんて聞いてないぃ……あうっ、はあーーんっ」

ズブリッと蜜肉をこじ開けられる。新しい刺激の大きさに、ビクンッといやらしく白い裸体がしなった。嫌がるはずの膣襞は、何倍もの力で肉竿を締め上げる。

（勝手にアソコが潤んで……）

あっというまに卓也のペニスに里穂のほうが支配されていた。

ゆっくり挿入してくるのが憎たらしい。膣路の中途まで進んでくると、蜜口まで引かせてくる。一気に奥まで突き刺してこない。あと味の残る肉摩擦で灼熱の感触を吹き込まれる。

湯に濡れるヒップがつかまれた。

「気持ちいいからって、勝手に尻を動かすな」

「そんなことするはずないわ！　裂けちゃうぅ、早く抜いてぇ」

「嘘をつくな。スッポンオマ×コは放したくないって言っているぞ」

卑猥に笑い、卓也は肉槍の角度を変えてくる。

(ああっ、そこはいやっ、弱いのぉ)

亡夫の徹に開発されたＧスポットを見極められていた。少ない性感帯のひとつは、夫婦の愛の結晶でもある。いたぶられる屈辱だけは避けたい。

「こういうのはどうかな？」

膣洞をひしゃげて、彼はスルスルと肉槍を往復させてくる。

「あっ、んうっ、あうっっっ……」

くぐもった声で呻き、里穂は瞼を落とし気味に背後へ振り返った。その瞳にゾクリとする妖しい光を灯してしまう。淫らな欲望が無数のあぶくとなって、肉棒に弾かれる。

里穂のほうが先に狂乱の沼に溺れだしていた。

「素直な身体だね。オマ×コに性欲を隠していたんだな」

「違うっ、そんなんじゃっ……あっ、ふううっ、んんっ」

微かな理性で抗うが、卓也の隆々とした鎌首で膣内を擦られると、甘ったるいあえぎ声に変わってしまう。

やがて熟女の反応が貪婪さを増した。ドッと全身の毛穴から汗が噴き出す。

「あっ、はあっ……んっ、あっ」

なりふりかまわずによがりだして、未亡人は背筋を痙攣させる。自然に愛欲の泉が華蕊から湧出した。あとから溢れる蜜液の粘度は高い。戯れるふたりの性器が摩擦するだけで、卑猥なざわめきで肉柱との密着が強くなる。卓也の肉傘は、喜々と痴態の姫鳴りを奏でてきた。

（ああっ……なんてすごいセックスをするのよ！）

里穂は理性を保つので精一杯だった。

彼は執拗にスウィートポイントを攻めてくる。亡夫は同じリズムと強さ、角度であったが、卓也はまったく違う。水の流れのように、スローペースであるにもかかわらず捉えどころがない。

千変万化のテンポで、性感帯の襞の粒を一つずつ抉ってきた。

「いい音だね。トロトロの愛液がグチュグチュと美味しそうに響く」

「いやああっっ！　言わないでぇ。違うの、そんなんじゃ……」

必死に未亡人は否定する。

心の底から卓也の攻めを快楽と受け入れるのが怖くて仕方ない。

(築き上げたものが崩壊してしまう)

長い年月をかけて、里穂は亡夫と大切なものを構築してきた。精霊温泉、愛娘の杏奈、そして己の貞操も含まれる。それを、わけのわからない青年にすべて奪われると思うだけで、気が狂いそうになった。

「今さら、何をビビっているのやら……」

「ああんっっっ、ぐすっ、やっ、アンタに何がわかるのよ！　いやあっっ、もう、やめなさいっっ、すぐにわたしから抜いてぇ！」

甲高い声を出して、里穂は美貌をブンブンと振り立てた。逃げ道のない状況でできる、熟女の精一杯の抵抗だった。

浅ましい肉欲が制御できないほどふくれ上がり、ふくよかな裸体の中で暴れだす。理性で哀訴する女将の美しく流麗(りゅうれい)な絹肌の下で、外道な女欲が至るところで牙を剝いていた。チリチリと灼けつくような生々しい快楽のうねりに、呼吸が乱される。

「気持ちいいんだろ？　亡くなった旦那のリズムでピストンしてやるよ。オマ×コしていれば、大体わかるさ。俺のペニスのサイズは旦那より大きいから、里穂はアクメに早く飛べるさ」

「許さないわ。勝手に主人のことを決めつけないで……そんなこと……ダメえっ……いやっ、ああっ……あんっ、んぐっ……」

浴槽の縁に置いた両手をギュッと握りしめる。

(卓也に乗っ取られてしまう)

亡夫のリズムで抽送されて、卓也のほうが気持ちよかったら……女としてどちらを選ぶのかわからなくなるだろう。きっと、心身共に亡夫の思い出を没収するつもりに相違ない。

「何をビビっているんだよ？　おもてなしで俺をメロメロにするんじゃないのかい？」

全知全能のごとく、彼は耳元でささやいてくる。

「やあっ、あっ、あうっ……無理よぉ……」

背後の青年を振り払い、浴槽から飛び出そうとする。もちろん、里穂の動きなど卓也にすべて読まれていた。腰をつかみなおされる。

「見苦しいぞ……オラ！」

「はあっ、ああーーーんっ……」

軽くイッた調子でいななき、ピクピクッと総身を引き攣らせる里穂。桜色に染め上がった柔肌がうねり、誘うように乳房を揺らす。

ズンッと肉杭が女体の深奥まで穿ち込まれる。剛直に串刺しにされて、身体を真っ二つにされる衝撃が脳天に響いた。まもなく、魂の抜けるような快感が女体を洗い、脳の動きまでとめてくる。

里穂の眼の前が真っ赤に焼け爛れた。

「締まってきたぞ……ククク」

「強いぃ、あぐっ、あふっ、んっ」

ふくよかで豊潤なヒップが肉太鼓のごとく波を打つ。腰をひねり、雄々しい衝動から逃れようとすると、卓也が覆いかぶさってきた。耳朶を甘噛みされて、甘い牝鳴きが唇からこぼれる。

「激しい乱打でヤッていたんだろ？　スローセックスの痕跡がなかったからね」

「知らないっ……あっ、奥ぅ、こないでぇ」

たわわな乳房を鷲づかみにされる里穂。

パンッ、パンッ、と股間が肉尻に叩き込まれる音は大きくなるばかり。内臓の位置がずれるほど、激しい穿ち込みが続く。抵抗できない双房が、青年の指につかまれながら大きく弾んだ。

（一番弱い場所に図々しくこないで！）

太い肉柱に突き刺されて、何度もアクメに飛ばされる。

もちろん、本イキではなく小刻みな頂点のため、相手からは無視された。尻を叩くように、肉棒の打ち込みも微妙に変わる。

「オマ×コの底から複雑に包み込んでくる。絞まり方が杏奈とは別次元だ。細かい痙攣が堪らんね。下衆な吸いつきが、本能に素直で憎めないな」

悠々と腰を遣う青年。

その傲慢不遜な態度が許せない。歯を食いしばり、里穂は必死に耐えた。成り行きで秘裂に汚棒を嵌められた挙句、イカされるなどありえない。何としてでも、背後の凌辱者に一矢報いたかった。

「あはんっっっっ……んっ、ふっっ」

彼の繰り出す一撃で、腰の骨が外れるほどの快楽に子宮は痺れた。引き結ぶ唇の隙間から淫らなあえぎ声がもれる。歓喜の滲む牝鳴きは、相手の劣情を煽るように語尾がしめやかに濡れた。

全体重を載せて、長いストロークで抜き差しされる。

（なんてすごいセックスなのぉ、ああ、徹さん、杏奈……）

卓也の猛烈なピストンに、美母の脳髄が揺れた。

ついに里穂はだらしないよがり声を出しはじめる。卵顔の凛々しい眉根が情欲にしなり、ねだるような唇の開き方を相手に見せた。甘美な刺激に染まる女体から、亡夫との愛し合った時間や杏奈への愛情が弾かれていく。

ここで、残酷な宣告を卓也は忘れない。

「ナマ挿入で、タップリ出してやるからな」

ハッと里穂は眼を開く。

「んあっっ、はんっっ、お願い、危険日かもしれないの。ナカは、やっ、ナカだけはやめてちょうだい。妊娠したら大変だわ……」

「それは、そのとき考えよう。もう出るから……」

アッサリと卓也は受け流した。直後、下腹部に灼けつく飛沫の感触が広がり、里穂は総身をおののかせる。今までで一番心地よい瞬間、里穂はすべてを投げ捨てて快楽に奉じた。

「あんんっ、熱いのがナカに出されているぅ、ダメ、あっ、んんっ、このままイク、イッちゃううっ……たくさん射精されてぇ……いやなのにぃ、ああっ、あんんっっ……」

至高のセックスに子宮は感涙して、切なく愛液を搾り出される。同時に相手の肉棒も潰れるくらい揉み絞った。

(ああ、何もかも奪われて穢されてしまった……)

ズシリと重い精液を下腹部に感じ、絶望の淵に堕とされる。

頭頂部から足先まで細かい震えがとまらず、熟れた身体は悲しみと充足感で一杯になる。

こんなはずじゃなかった……。

下腹部にへばりつく感触で里穂は呻く。しかし、時間が経過すると、膣内に射精された怒りや悲しみは薄くなって、不思議と物足りない切なさが強まった。

ふたりは煩悩の湯に浸かっている。

「さて、俺のサイズにオマ×コが馴染んだところで二回戦だな。借金についての里穂の言いわけタイムも開始するよ。じゃあ、はじめようか……」

卓也の指がウエストに喰い込んだ。

「あなた、勝手なことばかり……あんんっ！　少し休ませてぇ」

内奥を抉る肉棒から、桃尻を引き上げようとする里穂。

彼は恐ろしい力で太ももを抱え込んできた。背面駅弁の体位になり、浴槽から飛び出すふたり。大柄な体格の里穂の体重が、結合点にのしかかる。

怒張が膣口を撫でてきた。串刺しにされる恐怖感に、熟房は重たげに揺れる。

「えっ、あっ……んんっ」

黒いタイルに横たわる里穂。

浴槽から出ると、正常位で肉棒を媚壺に迎え入れるよう卓也は命令してきた。もはや、精も魂も尽き果てた熟女は言いなりになる。細マッチョな胸に白い手を載せて、股を開く。濡れた黒髪がタイルに広がり、艶々ときらめいた。

「あんっ……梨沙にあなたはハメられているわ」

胸肉を弾ませて、里穂は結論から話す。

卓也は顔色も変えず、豊満な白乳に手を伸ばしてきた。柔肉に指先が沈んで、紅い乳首を嬲るように指先で弾いてくる。繊細なタッチで紅みが深くなり、大きさも増した。

「んんあっ、債権の本当の金額は十億。彼女は二十倍にふくらませたの。回収手数料や債券転売を考えても、相場とはかけ離れている。梨沙が債権回収を引き受けた話は初耳なの。いつか、こんな日を狙っていたんだわ」

「それで？」

興味がなさそうに青年はため息をつく。

「まどろっこしいな……どうしてほしいんだ？」

「回収自体、やめてほしいの……」

蚊の鳴くような弱い声でささやく。

「無理だな」

簡潔で非情な宣告が下る。

けんもほろろな返事に、里穂は目尻を吊り上げた。

「あんまりだわ。んんっ、はっ、あぐっ、動いちゃいやんっ」

すべりがスムーズになった膣に肉棒が潜り込んでくる。勝手に襞が吸いつけば、容赦なく削られていった。卑猥な水音と嬌声をもらす里穂。ドロドロの熱快楽に痺れた腰をくねらせる。

「感情的な罵詈雑言はよくないよ。心にもアソコにも……」

抑揚のない声につられて、卓也を見上げる。

刹那、ズドンッと子宮が割れるような刺激に、里穂の裸体が弓なりになる。反射的に天井を仰ぐ美貌は、はしたないよがり声を叫ぶ。

「あああんっ、アソコが壊れてしまう……ううっ、あんんっ」

「壊されたいんだろ？　リスクを背負うメリットは俺にあるのか！　経緯から説明しなさい」

二回戦なのに、卓也のペニスはひとまわり逞しくなっていた。

それから、抽送のペースは一気にダウンさせてくる。膣奥にあった拡張感が失せて、もどかしい気分にさせられた。里穂は潤んだ瞳を相手に向ける。

「……っ、んふっ、んあっ、焦らさないでぇ……」

「早く説明しないからだ。ククク、コイツが欲しいなら話せ」

一気に劣情を晴らしてほしいのに、卓也は同じリズムを刻んでこない。

「わたしの亡夫は、梨沙の恋人だった。別れてから、彼とわたしは結婚したの。でも、彼女は略奪愛と恨んでいるみたい……親友だった梨沙は親交をいっさい断ったのよ……地元で幸せに暮らしたかったのかもしれない」

これは誰にも話していない過去だった。

風の噂によると、梨沙は別の男性と結婚したらしい。彼女が家庭を持っても、亡夫への想いを断ち切れない。私情で借金を水増しされては堪ったものではなかった。おまけに夫は亡くなってしまった。

そこで、卓也に打ち明けてもいいと思い定めたのだ。

(それに……うう、ここまで事態が悪化してはどうしようも……)

よもや、卓也のような凄腕回収者が現れるとは想定していない。

彼の手練手管(てれんてくだ)から、目的のためなら手段を問わない、という信念が伝わってくる。

案の定、卓也はどうでもいいような表情を変えなかった。

「亡夫の徹が、梨沙より里穂のエロい身体に惚れ込んだんだろ？　社長はプライドも気位も、職業に合わないほど高い。あんたならシッポリやれると思ったんだろうな。旅館の夫婦なら、いつもいっしょにいられるし……」

「そんなことは……彼は違う。アナタといっしょにしないで」

険の相で睨み上げて、里穂は顔をそむけた。

(アソコがジンジンする……なぜ!?)

亡夫に愛を誓った身体は、浅ましい肉欲に磨かれている。膣穴を拡張する肉棒に対して、恐怖や異物の感覚はない。代わりに膣底は、さらなる快楽への飢えで切迫していた。

「昔話は作り話がいくらでも可能だ。梨沙の嫉妬を具体的に証明するモノでもないと俺は動けない。証拠はありそうなのか？」

浅瀬で亀頭をクルッと回転させてくる。

性感が下がらない里穂の媚花は、怒張を内部へ誘い込んだ。モノ欲しそうな反応に羞恥心だけが煽られて、やるせなさに抵抗感が起きなくなる。赤黒い肉瘤が、女体に潜む欲求を穴の底に集結させた。

「んうっ、ないわぁ、あったら……あなたとこんな真似しないわよ」

噴き出す汗が甘い匂いを放ち、ふたりを包んだ。

3

東条梨沙には特殊な性癖がある。その秘密は、亡夫の徹に寝屋で教えてもらったものだ。徹が梨沙と結婚しない根本的な理由につながることだった。もしかしたら、眼前の青年を納得させる材料にはなるかもしれない。

(もう、何もかも話してしまったほうが……いえ、ううっ)

破滅を恐れない獣欲に賭けるべきか悩んでいた。

卓也は、ある意味、とてもプロフェッショナルな面を感じさせた。眼の前にある事実しか信用しない。私情を挟まない。彼の牡欲が漲っているとしても、今回の凌辱はあらかじめ計画したものである。債権回収という最終目標を見据(す)えていた。

「黙ったな。他に言うことはないか?」

絞首台の宣告のように卓也はささやく。

「彼女を欲しいと思わない? あなたの思うように存分に抱ける方法があるわ」

里穂は太ももをうごめかせる。息を荒くして、上目遣いに妖艶な視線で誘惑した。

(他に手段がない)

このままでは、彼が何をはじめるかわからない。

彼は眼に淫欲の光を灯す。

「いきなり何を言いだすかと思えば……社長はガードが堅い女だと言わなかったか? おい、何を企(たくら)んでいる! 俺をたぶらかすつもりか……」

スローテンポで剛直を挿入してくる。細腰を両手でつかまれて、ジワジワと怒張を膣筒に沈み込ませてきた。甘い蜂蜜のような粘度の高い肉癒が里穂の下腹部に流れ込む。

「あふっ、あんんっっーんっ、違うわぁ」

瞳が虚ろになり、里穂の肢体はアーチ状にしなる。

「梨沙は外見から想像もできない性癖があるの。他人には晒したくない性癖なら、事実を暴く手段に使えるはず」

「ほおお。ずいぶん恥ずかしいことみたいだな。アイディアがあるなら言いなさい。採用すれば、借金を回収する手間が省ける。そりゃ、拝んでみたいな」

卓也の欲棒が胴まわりを太くした。

(あなたのペニスは毒針よ)

肉瘤の張りは強く、無限の熱を孕む。堅さの残る膣奥の襞が、剛直の穢れた温もりでほぐされていく。剝き出しの秘粘膜は、鉄幹によって奥までギュウッと拡張された。

天を仰ぎながら、後ろ手をついた里穂。

「鵺の間は知っているでしょ?」

「ああ。この旅館の精霊が棲む部屋だろ」

「そう。あの部屋に情欲で穢れる心身を捧げるの。この煩悩の湯に浸かり、獣へ戻って本能的な欲求の宴（うたげ）を披露していたわ。精霊によって肉体の欲望が解放されてしまう。特に女性は別人のようになってしまうわ」

「女将と主人の役目だったらしいな。徹が亡くなり、儀礼も滞（とどこお）った。集客力の衰退（すいたい）と重なったのは偶然と俺は思っている。絶倫カップルに開放してから、客がやってくるようになったのも宣伝の影響だろう」

「ウフフ、あんんっ、でも、状況が変わっても儀式は毎年開催したいの。明日、あの部屋に宿泊する客はいない。去年のお客様が流産して……ね、あの部屋なら梨沙を思うがままにできるわ」

　しばらく青年は黙った。

　里穂は彼の眼前で乳房を艶めかしく揺らす。豊満な熟乳が張り艶のある肉実を叩き合う。生々しい汗を飛ばし、はしたなく視線で誘う。

（禁忌（きんき）を破るけど仕方ない……）

　女が情欲を男に癒してもらう神聖な場こそ、禊の間である。そこでのタブーは、故意に女性を男の狩場にしてはならないことだった。

　卓也の逞しい腕が里穂の背中を抱いてきた。直後、右乳の乳輪に吸いついてくる。左乳を片方の手で鷲づかみにして、チュウチュウと卑猥な音を立てた。刺激が重なり、未亡人は甘美にいななきを放つ。

「はんんっっ、あっ、オッパイいいのぉ」

「屈服したふりで、啼き落としか？」

「お願いぃ、梨沙とあの部屋に泊って！　そうすれば、好き勝手にセックスできるわぁ。アナタも梨沙の身体に興味はあるんでしょ……」

牡の思惑を正直に叫ぶ里穂。男はギンギンに勃起した肉棒の先端をゆっくりと引いた。深奥まで埋め込まれずに肉柱がいなくなり、切なさに胸が破れそうな気分へ陥る。

ぽってりした唇を開いて、里穂はいやらしくねだる。

「あんっ、欲しいのぉ」

青年はじっくりと女の様子を眺めた。

「梨沙がお前のように容易く堕ちるのか？　それで、今回の取り立てをチャラにしろと。ふん、女将のおもてなしと梨沙次第だな」

「そのオチ×チンがあれば……んあっ！　ああっ……気持ちいいですぅ」

ついに、四十歳の美女はすべてを捨てる。大理石のような白い肌をまとう牝豹と化す。そんな堕ち牝の乳房を堪能し、卓也は極太を悠々と挿入してきた。

「硬いぃ、オマ×コ一杯になるのがいいのぉ」

バッと黒髪を跳ね上げる。

「いやらしい女だ。でも、オッパイとオマ×コは堪らん」

「あんっ、もっと乳首を舐めてぇ」

肉欲が破裂した里穂は座位になる。両足を相手の腰に巻きつけて、乳房を卓也の顔に押しつけた。綺麗な釣り鐘状のバストラインが、卑猥に崩れる。

快楽に身を捧げる里穂の目尻から大粒の涙が溢れた。

（ああ、徹さん、ごめんなさい……もうダメなの）

すでに亡夫の姿は思い描けない。

瞼の裏に浮かぶのは、存在感を発揮する赤黒い卓也の亀頭。そして、蒼い血管を刻む飴色の肉竿だけだ。狂気の牡欲が伝染し、全身が性器に変わる淫乱な女に堕ちていった。

「ふんっ、冗談ではないようだ」

青年は思いっきり乳肉を頬張ってきた。

「そうよ。いいの、ああっ……オマ×コ、気持ちいいっ」

茹でた豆腐に包まれた気分で、胸元をタプンッと揺らす。密着した股間から伸びる剛直が、グリグリと子宮を抉る。ビクンッとヒップを上下に動かす里穂。

ポタポタと滝の汗がふたりの肌からタイルへしたたる。

「じゃあ、もう一回射精させろ」

冷酷な宣告に、里穂は非難の相を浮かべた。

「出るはずないわ。もう、二回も射精しているじゃない」

「ククク、俺はいくらでも出せるよ」

「んあっ……いいわ。はんんっ、ひねり出してみなさいよ」

半ばヤケになって、里穂は腰をよじらせる。

面白いぐらいGスポットの襞が鎌首に引っかかった。プチプチとエアパッキンの潰れるような感触が、熟女の胎内に七色の花火を散らす。

ユサユサと淫らに跳ね動く黒髪から、甘ったるい香水の匂いが漂う。

「あぐっ、お腹が燃えるぅ」

手足から力が抜けて、対面座位を保てなくなる。

「少し休みなさい。あとは俺がシテやる。梨沙を追い込む訓練の一環だ」

このとき、里穂は青年が哀訴を受諾(じゅだく)したと確信する。

「梨沙が怨恨で債権を水増ししねぇ」

里穂の肉厚な裸体を横たえて、青年は左足を担(かつ)ぐ。

ペニスを引かれて、愛欲の疼きが胎内に宿る。熟女の性欲は簡単に鎮（しず）まってくれない。

「はんっ……深っ、いいっ」

緩々と内奥を拡張するペニスがさらに深く、里穂の体幹を抉ってくる。あまった尺をすべて埋めようとしているらしい。松葉崩しの姿勢で、股間をゆっくりと侵入させられる。

しかも、おぞましいリズムをくわえられて、里穂は長い睫毛を跳ね上げた。

数回浅瀬で遊ばせたのち、深奥を串刺しにする三浅一深のテンポだった。

「まだ、徹と比べて楽しんでいるだろ？　まず、お前から昔の男の痕跡を消してやる。過去の記憶ごと、全部俺のモノだ……」

「いやあっ……うっ、自惚れないでぇ！」

一気に全身の血液が沸騰する。神経は活性化して結合点からの快楽も数十倍に跳ね上がる。燃え上がりそうな灼熱の感触が下腹部から押し寄せた。

（もう、あなたにイカされたくない……）

片足を肩に担がれて、一ミリずつ肉棒を侵入される。逃れようとする里穂のたわわな乳房がつかまれた。指先からは放してなるものか、という執念が伝わってくる。

一、二、三と浅瀬をさまよう亀頭に膣奥が疼く。四の段階で、ジワジワと未亡人の膣筒が拡張された。ミリッ、ズリュッと媚肉が牡棒へ密着する。

「あはんっ、んんっっ、ナマで焦らすのいやあっ！」

つい、里穂は熟欲の本音をまき散らす。

「ククク、そうとう、俺のチ×ポを気に入ったようだな」

満足気な青年の嗤い声が、未亡人の脳内を真っ白にした。散々激しい突き上げでほぐされた柔襞は、容易く亀頭を引きこもうとした。

炎の息を吐く唇が中途半端に開き、そのままになる。

「ふうっ、やっ、んんっ」

太くいやらしい肉棒が姫鳴りを響かせた。新しい快楽を植えつけられる子宮は切なく収縮する。膣の内粘膜がペニスに、ドロドロの襞をまとわりつかせた。

「どうやらソフトタッチなスローセックスは未経験なんだな……」

「黙りなさいっ、んんふっ、あんんっ」

刷毛塗りの汗を飛ばし、里穂は険の相で卓也を睨む。しかし、プリプリの亀頭が子宮頸部にキスした瞬間、信じがたい威力の衝動が胎内に起こる。ビクンッと弓なりに裸体をしならせると、自然に眉間がしなり、艶めいた声をもらす。

（ああっ、こんなに気持ちいいなんて）

稲妻のごとく、轟音とともに腰の抜ける快楽で理性は飛んだ。亡夫との聖域は、邪悪な青年の汚棒の支配下になった。その事実が、己の牝堕ちをさらに実感させる。

グッと奥歯を嚙んでから熱くもだえた。

「ククク、あの世に行くほど気持ちいいのか？　収縮のうねりが、さっきよりも強くなっているぞ。汗の匂いも変わってきたな」

「ありえない。やっ、はんんっっっ！」

分厚い裸体が痙攣しながらしなった。ピンク色の絹肌を波打たせて、大ぶりな乳房は派手に撓む。わななく女肉の水音は里穂の性感を無限に引き上げて、宙吊りにする。

ジュプッ、ズビュッ……。

彼は亀頭の弾力性を利用し、ほんの少しだけ子宮を押し上げてきた。鋭く叩き込まれるときより、ズシッと重い刺激が渦巻いて、七色の火花が脳髄に散る。

「これは精液の摩擦音じゃない。子種を膣外に流した愛汁の証拠だ。襞の細かさは杏奈の肉壺のほうがいいけど、微妙な奥行きのあるうねりは里穂に及ばない」

淡々と事実を並べてくる卓也。

熟女は新しい快楽の波頭に四苦八苦するだけで、青年に抗弁できない。狼狽える四十歳の未亡人から、桃の匂いが立ち昇る。

松葉崩しから後背位にされると、白くムッチリした美乳は黒いタイルに歪む。両腕を立てる力は残っておらず、伏せ犬の格好になった。

そんな屈辱的な姿勢でも、甘ったるい汗は噴き出す。怒りが消失し、つかのまの心地よさへの欲求不満だけが残った。

「はっ、んんっ、やあっ……あぐっ」

「もっと女らしく叫べ。牝堕ちの声を聞かせろ」

両手を手綱(たづな)のごとくつかまれて、グイッと引っ張られた。熟脂肪の桃尻が相手の股間にあたり、ムニュリとひしゃげる。子供がぬかるみを踏み遊ぶように、はしたない音が弾けた。

柔らかいタッチで卓也は快楽を刻んでくる。

「あんっっっ、卓也さんのオチ×チンが子宮まで届いちゃうのぉ。あっ、やっ、深いのぉ。ダメえっっっ……そこおっっっ、気持ちいいっっっ！」

相手に牝堕ちをいななく里穂。その声に清楚な高潔さは一片も残っていない。流麗な絹肌を波打たせて、青年の肉棒を欲しがる。

「ククク、いいぞ。梨沙も鴇の間で、お前みたいに堕とせるんだな？」

「はいぃ……骨抜きにできます。やあっ、他の女の話はよしてぇ。今は、里穂だけを気持ちよくしてぇ……ああんっ、もっと可愛がってぇ！」

艶々の黒髪をなびかせて、里穂は潤んだ眼を背後へ向けた。汗に光る媚尻を螺旋状に動かして、自ら快楽の韻を奏でる。キュキュッと餅襞が、怒張を締め上げた。

（ああ、この子のセックス、半端じゃないわ）

甘美な肉癒の沼に溺れて、未亡人は卓也を引きずり込もうとする。だが、あと一歩のところで彼はとどまった。熟れた柔襞に刺激を送りつづけながら、彼は里穂の肉体に嵌らない。

その証拠に、主導権は青年の手中にあった。

「くっ、あっ、ああんっっっ」

「新品同様のオマ×コは、躾甲斐があるな。んお、ふわふわのトロトロなのに、絞まるとイキそうになるぜ。ああ、温かいな……」

「ああっ、んんっっ、いきなり奥にぃ……太いオチ×チンきちゃう」

クンクンとモノ欲しそうに里穂は美貌を上げた。

三浅一深のリズムが変化して、無数の攻めで貫いてくる。浅瀬に遊ばせる回数が増えて焦らされることもあれば、いきなりヌルヌルと奥底をタッチされるときもあった。

数十回の抽送で、里穂は何とか相手の肉棒をとらえようとした。だが、緩急のついた柔襞をググっと強く締め上げても、愛液にすべる剛直はつかめない。簡単に襞を弾かれて、トンと強く子宮をノックされれば、「ひっっ！」と乳房を跳ね揺らせるしかなかった。

「そろそろイクかな。ふうう……」

「待ってぇ！　ナカはいやっっっ！」

「まだ寝言をほざく元気があるのか……」

ズドンッと巨砲の一撃が里穂の子宮を潰しかけた。切羽詰まった嗚咽を発して、狂おし気に未亡人は腰をよじりたおす。

全身の骨がバラバラになるような陶酔感は、里穂の身体の動きを変えてしまう。

(勝手に求めちゃうのぉ)

ヒップを躍らせて、熟女は必死に快楽の剛直を貪る。清らかな腰をくねらせ、臀部を揺すりまわした。ザラメの媚襞が嵩張るエラと擦れて、熱い刺激が胎内から広がっていく。

完全に里穂のタガは外れた。

「クク、ついに自分から腰を振りだしたか。ぐおお、膣圧が強い。フフフフ、いい傾向になった。どうだ？　俺のチ×ポは旦那よりいいのか？」

騎乗位にされて、未亡人は分厚い艶尻を揺らす。天まで届かんとする屹立が、里穂の心身を貫いてきた。貪婪になる里穂の口端から涎が垂れる。

「ああんっ、いいですうっ、熱くて硬いのぉ……」

すっかり堕ちた里穂は、獣じみた息を吐いた。凛々しい美貌に女将の風格はない。ただ、肉欲を一粒でもモノにしようとする淫乱女になっている。

ドロドロに蕩け合うふたりの肉器。女壷の隅から隅までピッタリと肉柱に充たされる満足感。ひとまわり以上年下の青年に尽す背徳感。すべてが快感に昇華（しょうか）された。

「お前は誰のモノだ？」

余裕たっぷりの態度で卓也は尋ねる。

「んあっ、卓也さんのモノですう。だって、徹さんのオチ×チンよりいいのぉ。太くて逞しいのが里穂のナカに一杯きてるっ……」

過去の亡夫よりも優れた牡と褒めれば、彼はもっと愛してくれる。両膝をタイルに載せて、両手を卓也の胸板に押し当て、里穂は声をしならせる。

(もう出そうだわっ、ああ、そこまできてるっ)

野太い亀頭が膨張し、奥襞を弾き飛ばす。熟房の白いふくらみを淫らに跳ね揺らして、パンパンと肉太鼓を波打たせる。怒濤の振動が芯から沸き起こり、桃の汗を周囲に散らした。

「イクぞ……孕め！」

「いやあぁっ！　ナカにだけは出さないでください……ふああっ」

禁忌を嫌がるように叫び、里穂は総身を弓なりに反らす。

抗いのいななきは、すでに快楽を味わうための演技にすぎなかった。両房を乱暴に握りしめられた状態で、眉毛をハの字にしならせる。はち切れんばかりの桃尻ごと溶かす勢いで、白濁液が胎内へ舞い散ってきた。

「んんっ、イキますうっっ……」

甘ったるい声をしならせて、アクメを訴える里穂。

切なげに瞼を落とし、相手の胸板に手をつく。ムチムチッとこぼれ落ちそうな乳肉が指からはみ出す。勢いよく噴き上がる精液が子宮にぶつかると、引き攣った声で背をさらに反らした。艶々の汗ばんだ絹肌を揺らめかせる。ぽってりした唇でうわ言をつぶやくように、炎の息を吐いていった。

（まだ足りないのぉ……）

汗まみれの乳房を卓也の胸板に押しつける。とことん気持ちよくなりたい。柔らかく甘い匂いと猛々しい体臭がふたりを包む。

すかさず、卓也は抱きしめてきた。うなじを舐めあげてからささやく。

「杏奈といっしょに協力するな？」

「はいぃ、だからもっと……奥にくださいぃ」

甘ったるく鼻声でねだる里穂。

「あっ、はんんっ……ああんっ、もっと欲しいのぉ、あんっっ……」

その仕草に卓也の肉棒は、ふたたび勃起する。

第三章　傲慢女社長の蕩ける肉懺悔

1

翌日の朝。

宿泊客を見送る女将は、上品な微笑みで頭を下げていた。

白い襦袢（じゅばん）、薄緑色の無地の着物を朱色（しゅいろ）の帯で留めている。優し気な整った顔立ちと大理石のような雪肌が際立ち、清楚高潔な雰囲気にも妖しい濃艶さを含む。

「またのお越しをお待ちしております。お気をつけてお帰りくださいませ」

結（ゆ）い上げた黒髪の頭がゆっくりと下がる。洗練された仕草は、あまりにも板についており、不自然さがいっさいない。

旅館の受付ロビーには、洋式のソファと大型のテレビが置かれていた。閲覧用の新聞、旅館のパンフレット、地元の観光案内がある。卓也は浴衣姿でソファに座り、新聞を読みながら、女将へチラチラ視線を送った。

昨日の痴戯で見せた堕ち牝の表情とは別人だった。

一回だけでも濃厚な時間を過ごしたせいか、女将の身体つきが妙に丸くなった気がする。

「おはようございます、広沢様」

にこやかに笑みを浮かべて、女将が声をかけてきた。

「おはようございます。しばらくは雪が降りやむ気配がなさそうですね」

卓也は新聞を机に置いて、外を見た。

ボタ雪が白銀の世界を濃くしている。雪国の春は遅い。三月も終わりに近づいているのに、降り積もる雪は我関せず、と言わんばかりに雪原を分厚くしていた。

「そうですね。この時期はまだ……」

ガラス窓から見える景色は雪一色だった。外の景色からガラス戸に映る女将の顔が眼に入った。視線が合うと、女将は儚げに瞼を少し伏せる。

「夕方に社長がお見えになるんです。無事に到着できるか、不安になりましてね。その間、観光もできないので、女将にお聞きしたいことがあります」

「ええ。少しのお時間でしたら……」

彼女は声を落とした。

浴衣姿の卓也はゆっくりと里穂を見上げる。

「鵺の間に案内していただけますか？」

里穂はハッとした表情で眼を丸くする。

「よろしいですが……本日、あの部屋に……」

彼女の口元から微笑みが消えていた。周囲に従業員はおらず、客が訪問する気配もない。予約客の応対で忙しいらしく、若女将も駆り出されている。

「少し、確認したいことがあったので」

クイッと卓也はアゴをしゃくった。

「承知しました。では、お部屋へ」

先導する形で女将は歩きだす。館内専用の紫色の草履を履いた白足袋(たび)の足が動く。

後ろをついていくと、ほのかに香水の匂いがした。里穂は背が高く、首も長い。綺麗な襟足のうなじが少し紅く上気している。

鵺の間は離れにあった。卓也はしばらく無言で外の景色を眺めている。三方は山に囲まれており、日本海だけが荒れた波頭まで見渡せた。

「あの、卓也さん？」

「はい。何でしょうか……ああ、ここですか」

気がつけば到着していた。回廊がない八畳間の部屋がふたつある。若女将の間より狭い。行燈が灯っておらず、採光も悪いため陰鬱な印象を受ける。

「わたしの希望を叶えてくださり感謝いたします」

「勘違いしないでください。梨沙は上司で人妻です。下手に動いて失敗したくない。この部屋に精霊の座敷童が棲むという。彼女はどのような状態になりますか？」

「煩悩の強い者の玩具になりますわ」

「ふむ。抵抗力がなくならないリスクは？」

「そんな恐れはないかと。ただ、煩悩の湯に浸かると、女性の性欲が異常になりますので、男性が玩具にされるケースはございます」

部屋の床の間に女将は顔を向ける。そこには、たくさんの赤ん坊用の玩具やお菓子が積み重なっていた。妙な存在感を持つ空間の中で、とても異彩を放っている。

（なんて恐ろしい……）

部屋へ案内する間、里穂の胸はずっと高鳴っていた。

昨日の体液を飛ばし合う淫戯がよみがえる。彼の視線を臀部に受けて、熟れたふくらみを左右にうねらせてしまう。丸々としたヒップが、さらにボリューム感を増していた。

ふたりの口調はガラリと変わる。

「梨沙とは連絡を取っていなかったのか？」

「彼女が債権回収業に就いて、夫から完全に関係を断つように言われたの」

「里穂から連絡しなくなったのか……」

「徹さんから本人に伝えたの。亡夫は梨沙の性癖が、清浄な空間を穢すと言っていた。彼女の性癖や性格が異常とは思えないけど。でも、今回の件は明らかに梨沙の復讐だわ」

幼馴染みの梨沙が地元を去ったのは、徹との結婚が決まった時期。亡夫は意に介していない様子だったが、里穂には衝撃的なことだった。それから、地元に戻った彼女を眼にしていない。

だが、背後の青年は恐ろしいことを言い連ねた。

「それから梨沙とは……」

「ストップ。梨沙の性格など、どうでもいい。とにかく、この部屋なら問題なさそうだ。じゃあ、社長をお迎えして、すぐに串刺しにする。煩悩の湯に浸けて、この部屋でトドメを刺し、時間を置いて、完堕ちに詰める。映像を記録に残し、夫の徹に送る準備をしておく」

「ええ。大丈夫です……でも、そこまで……」

里穂はあとずさりして口元に手をあてた。

ジロッと卓也が睨んでくる。腹の底が震えるようなおぞましさに総身はおののく。

「俺がこんな話をしたのは、お前に念を押すだけだ。梨沙がシロだった場合、女将と若女将は魂まで真っ黒になってもらう。梨沙がクロだった場合、今回の件は一度保留にする」

「わ、わかりました。すべて、広沢様のご要望に従います」

ふだんは物怖じしない里穂も、不気味な青年に畏怖を覚えた。

(彼ははるか先を考えている)

すでに、卓也の脳内では梨沙など肉片の寄せ集めになっているのだろう。そこまで想像したとき、彼にとりなしを依頼したのが正解だったのか、里穂は不安になる。

急いでふたりが鵺の間に宿泊する準備を整えた。

昼過ぎに東条梨沙は精霊温泉に到着した。玄関口でタクシーから降りると、ベージュのトレンチコート姿の人妻社長は、非常に機嫌のいい顔つきで、卓也に手を振った。もちろん、卓也はスーツ姿に着替えて出迎える。

（いい気なものだな）

大型案件と脅（おど）しておきながら、具体的な債権回収案が見つかったと連絡すると、飛ぶようにやってきた。すべてはこの日を迎えるため。梨沙を串刺し人形にするのが悲願だった。ふと、卓也はそんな気がした。

「わざわざご足労いただき、恐縮です。もう少し、話を煮詰めてからでも……」

「いいえ。長引かせないことが肝要なの。本当に卓也くんの言うとおりになりそうなのか、見ておきたいこともあったので……」

彫りの深い顔に笑みをたたえながら、彼女は慎重な態度を崩していない。

旅館の玄関に入ると、若女将の杏奈が出迎えた。

「遠路はるばるお越しくださりありがとうございます。当旅館の若女将、美谷杏奈です」

彼女は紺色の着物姿で丁寧に頭を下げる。

チラッと卓也に視線を向けた。彼女の眼の色から委細をすべて把握しているのがわかった。

「はじめまして。東郷と申します。お世話になります」

梨沙は勝者の笑みで礼をした。

まだ、この時点では親戚という扱いで旅館には話している。社長には借金取りの隠れ蓑（みの）というシナリオで説明済みだ。梨沙が煩悩の湯に浸かるまでは、立場を明確にしたくなかった。

「では、お部屋に案内いたします」

先導する杏奈は、鵺の間にふたりを案内する。もちろん、梨沙には精霊の棲み家に宿泊すると知らせていない。彼女も、実際に鵺の間を見たことがないらしい。

この時点で、才色兼備な三十六歳の人妻を袋小路（ふくろこうじ）に閉じ込めたと確信する。

「ちょっと待って。コートを預かってもらってもいいかしら」

「承知いたしました。チェックインの御署名もよろしいでしょうか？　今回は追加のお客様で、広沢様のサインで問題はないのですが」

「ええ。まだ外は寒いわねえ」

館内の空調を体感して、梨沙はコートに手をかける。

ロビーの椅子にブランド物のハンドバッグを置いて、厚手のコートのボタンを外す。卓也は離れた場所に座り、このあとの予定へ思いを馳せる。

(相変わらずいい胸と尻だな)

着物姿と違い、ビジネススーツはボディーラインがクッキリと浮かんだ。見慣れているはずなのに、少し時間を置いただけで、新鮮な刺激を感じる。フリルのついたブルーのブラウスと黒のタイトニットスカートに眼が釘づけとなった。

「ふうう、旅館に入ると暑く感じるわ」

「館内は室温を一定にしていますが、部屋でも調整できますので」

キビキビと杏奈は仲居へ指示を飛ばしていた。一生懸命な少女の横顔は梨沙とも異なる美しさがあり、ザラリと青年の牡欲を愛撫する。彼女は凌辱された恐怖をのみ込み、必死に笑顔で梨沙と話していた。

黒髪を梳くように抱き流して、梨沙は深く呼吸した。ブルンッとまろやかなバストのふくらみが揺れる。腰をよじると、蜂尻が左右にムチムチとうごめいた。ウエストに皺が寄って、迫り出すヒップに布地がピッタリと貼りついて丸みを描く。

今すぐかぶりつきたい魅惑の艶臀である。

「どうかしたの?」

「いいえ。何でもありません」

梨沙は不思議そうに首をかしげた。パッチリした猫目が、嫌に潤んでいるようにも映った。

杏奈が横にいなければ、誘惑しているのかと勘違いしそうな表情。焦っては元も子もない。恐ろしい勘違いを振り払い、卓也は社長のそばに向かう。

（問題はなさそうね……）

よもや、二百億の債権回収を一日で解決できたと連絡がくるはずはないと思っていた。ところが、卓也からの連絡は、旅館の譲渡と温泉熱源の売却により、債権回収は目途がたつという。里穂と杏奈は別の人生を模索中とのことで、解決できる、と彼は言い切った。

どうやって彼がそこまで調べ上げたのか、聞いておきたかった。

「やはり里穂は姿を現さなかったか……」

宿泊部屋の洋服簞笥を開けて、梨沙は浴衣に着替えようとしていた。離れにあるスペシャルスウィートの部屋は八畳間の和室がふたつあり、各々の部屋に座卓と座布団、テレビや衣装ケース、エアコンが完備されている。

ブラウスに指をかけたとき、座卓に置いたスマートフォンが鳴った。ビクッと肩を震わせて着信相手を見た。夫の徹からだった。ハンズフリーにして、電話に出る。

「お疲れさま。今、大丈夫だったかい?」

「ええ。どうしたの……」

徹は大学時代に知り合った男性で、結婚十年目になっている。商社の中間管理職になってから、出張と転勤が多くすれ違いの日々を送っていた。彼は梨沙の仕事に、反対こそしないものの賛成もしていない。

だが、距離を取ったせいか、最近の関係は良好である。近いうちに、ふたりでいっしょに暮らす予定を立てていた。

「ごめん。ちょっと、転勤の話があってさ……」

歯切れの悪い口調から、梨沙は嫌な予感に胸騒ぎを感じた。

「いきなり言われても……きゃっ!」

「ど、どうした!? 何があった!?」

「いえ、ちゃんと説明して」

悲鳴をあげたのは、隣室と隔てる襖(ふすま)が開いたからだ。目の前には、卓也の姿がある。ピシッと浴衣に着替えた青年へ怒気の眼差しを向けた。

（ノックもしないで勝手に入らないで！）

梨沙は手で追い払う。着替えたあと、卓也から説明を受ける予定だった。彼はその場の雰囲気や空気感を一瞬で把握できる。そのため、退席しない部下の表情に違和感を覚えた。何か急なトラブルがあったのかもしれない。

「あとでこちらからかけ直していい？」

「今日は休みじゃなかったのか……」

落胆の声色が梨沙の胸を重くする。彼女は卓也に部屋から出ていくようジェスチャーで伝えた。しかし、青年は部屋から去らない。それどころか、悠々と近づいてくる。

「これからシャワーを浴びるところなのよ」

反射的に嘘をつく。

（コイツ、どういうつもりなの⁉）

ひとまわり以上年下の青年に、激しく手を振って追い払おうと躍起になった。

卓也はジリジリと距離感を詰めて、人妻の肩に手を載せてくる。跳ねのけようと鋭く身体を揺すった。

刹那、背後に卓也はまわり込んできた。眼に捉えられない動きに啞然とする梨沙。

「ホラ、早く会話を続けて」

耳元でボソボソとささやく。

「話を聞くことはできるけど。アナタ、一体何があったの？」

青年の挙動に細心の注意を払い、梨沙は夫に尋ねた。徹が電話を切りたがらないなど、結婚してはじめてのことだ。できれば、すぐに折り返すと言って、卓也を追い出すほうに専念すべきだった。しかし、夫のただならぬ語り口をないがしろにするのは、気が引ける。

（密着しないで……）

卓也は背後から身体をピッタリと寄せてくる。

相手の身体を払いのけようとしたが、ビクともしない。それでも、彼に対する信用から、変な真似はしないと思ってしまう。これより踏み込めばセクハラでは済まなくなる。

明らかに梨沙の判断は狂っていた。

「もしかしたら、戻れない可能性がある。今までは二年くらいで済んだんだけど。赴任先で転勤命令を受ける場合、長くなるケースになるかも」

「辞令が出てしまったら、従うしかないじゃない。時間をかけて考えましょうよ。わたしがどこかに行ってしまうことはないんだから……」

夫婦の生々しい会話に、卓也は笑いを噛み殺す。全身の血液が逆流し、梨沙は猫目を吊り上げて睨む。そっと肩に載った手は微動だにしない。

細身の外見から想像できない力が、人妻の心を惑わす。

「卓也くん、どうしたの!? 部屋から出て!」

手短にささやく梨沙。

変に暴れて物音がすれば、夫は異変に気づく可能性が高い。仮面夫婦ではなく、相思相愛の仲になりたいとは思っている。ただ、徹は嫉妬深い性格で、人の気配には敏感なのだ。

「社長が浴衣姿になったら出て行きますよ」

わけのわからないことをつぶやく青年。

「梨沙? そこに誰かいるのか?」

「いえ、シャワーを浴びるって言ったじゃない。家でゆっくりしているの。週末くらいはのんびりしたいもの……」

「そうだったな。ふむ……」

電話先の夫は、納得したように黙り込む。会話中、沈黙の時間は長い。徹の癖で、しゃべりだすのに時間がかかるのだ。特に重要なことがあるときは、自分の世界に没入する。

直後、梨沙は姿見の前で固まった。

「ひっ、いっ……お尻を触らないで」

おぞましい熱気に悲鳴をあげそうになる。かろうじて喉元で我慢し、鋭くヒップを振った。卓也が浴衣の裾からニョキリと伸びるナマのペニスをスカートへ押しつけてきた。

（まさか……狙われた!?）

悔しさに唇を噛む。ナンパや痴漢を何度もねじ伏せてきた人妻の勘がそう告げる。

彼らが興味の虜（とりこ）になる桃尻を右手でそっと撫でおろしてくる。反応を確認する指に力は入っていない。ただ、不気味な感触だけがおぞましい恐怖感を灯す。

「苦労した部下を激励にいらしたんですよね？　俺は業務遂行中、偶然、社長の着替えに居合わせた。そして、たまたま衣服を脱がして差し上げる」

「ふざけないで！　卓也くんっ、痴漢行為には変わらないわ。はっ、うっ」

「違います。部下のおもてなしです」

ゾクッと嫌な温もりがタイトニットの布地を窪ませる。逃れようとする梨沙の左胸に卓也の手が絡みつく。ブラウスの生地が襞状によれた。

腰をよじって、相手から離れようとしたが、右の太ももに手が移動してきた。

「やあっ、放して！」

パクパクと厚い唇を動かす梨沙。

(痴漢みたいな真似はやめなさい……)

路上や電車の中は周囲の視線が女性の抵抗には最大の障壁になる。不特定多数の容赦ない視線の屈辱を跳ねのけて、美しい人妻社長は卑劣漢をねじ伏せてきた。それだけの度胸と精神力は、梨沙も身につけている。

だが、彼が夫の声を武器にしてくるとは想像もつかなかった。

「梨沙、今度の転勤先は海外なんだ。いろいろな人種や、環境の違いに戸惑うだろう。日常生活に慣れるころには、別の国に転勤する可能性も高い」

徹は、こちらの状況など知らず、悩みを打ち明けてきた。

「そうなの……アナタも大変なのね」

梨沙は穏やかに反応した。

身体を振りまわしても離れない卓也。

空手、合気道を身につけている女体は、相手のアゴを狙おうと肘を張る。ところが、無理な体勢になったあまり、ブラウスのボタンが三個も飛んでしまう。スローモーシヨンの軌道で、留め具が外れていく。

「んんっ、見ないでぇ！」

声にならない声で人妻は叫ぶ。

鏡に映るブラウスは開けて、赤いブラジャーが見えた。梨沙は攻撃姿勢をピタッととめる。青年の手首をつかんだ。恥じらいに顔を横に向けると、卓也が耳元に相貌を埋めてきた。

「シャンプーの匂いはラベンダーですか。美味しいですね」

「本当に怒るわよ！　やっ、やりすぎよっ、うなじをっ……んっ」

梨沙の吐息が熱を帯びた。

（ここは平常心を保たないと）

ルージュに濡れた口元へ手をあてる。夫に気づかれては、すべてが崩壊する。とにかく卓也の一瞬の隙を待って、気絶させようと眼光を鋭くした。卓也は梨沙の眼力を楽しむように、腰をヒップに押しつけてくる。

ふたりの淫戯を知らない夫の声が、人妻の羞恥心を煽った。

「梨沙がいっしょにきてくれると心強いな。でも、外国のビジネスマンと信頼関係を築くには、家族ぐるみのつき合いも必要なときがある。フレンドリーに接してくれるだけでもいいんだが、問題ないだろうか……」

「ええ。言葉の壁はスキンシップで乗り越えないとね」

見当外れな返事をしてしまう。

卑猥な嗚咽をもらさないようにするだけで、梨沙は精一杯だ。異様に長い青年の性器が、張りのいい桃尻をすべり上げてくる。亀頭を尻間に押し込まれて、規格外の大きさにブルッと臀部はおののく。緩々と肉柱の反り返りが嵌って、逞しい野太さにおぞましさを覚えた。

「んっ、はうっ、硬いのぉ、いやっ……」

「スキンシップは大事ですから」

卓也は夫の話に乗っかってきた。

合間にペロペロとうなじを舐め上げてくる。

規則的な猫舐めではない。犬舌のようにベロンとシルクの白肌に舌肉がうねり、ゾクッと鳥肌が立つ。それから、チロチロと耳朶の裏を軟体動物のごとく舌が這いまわり、キスマークをやんわりと刻んでくる。

「肌の触れ合いなんて、梨沙さんの口から聞くと意外だな。他の男とも濃厚なスキンシップをされてそうだ……」

「アナタじゃないのよ。いっしょにしないで」

　キリッと険の相で青年を睨む。

「うなじにホクロがありますね。色っぽいな」

「ダメっ、あっ」

　生温かい感触が首筋を覆ってくる。

　グニャリと凛々しい眉毛がハの字になった。強い抵抗力が粘着質な攻めに舐められる。相手の手首の皮をつねりあげようとした。

「俺が大声をあげれば、どうなりますかね？」

「卑怯者っ、あふっ」

　瞼を落として、梨沙は唇を引き結ぶ。わずかな雰囲気の変化にも、徹は違和感を口に出す。浮気と誤解されては厄介な問題になりかねない。

（やあ、これ以上しないでぇ）

　少しずつ貞淑な人妻の顎が上がりだす。

　彼のペニスが左側の尻朶に移動し、右側を手のひらが柔らかく触れてきた。一方、左胸を弄る指が残りのボタンを外してくる。同じ行為を何度となく繰り返されると、嫌悪感やおぞましさは薄れてしまう。

「シャワーは浴びたのか？　しゃべりすぎてすまない」

スマートフォンからの夫の声が、朦朧とする意識を引き戻す。だが、鏡に映る卑猥な姿を見つめてしまい、羞恥心に炙られる。顔をそむければ、首筋の愛撫に懊悩した。

「気にしないで。少し疲れているみたいだし。リビングでゆっくりくつろいでいるの」

理性を掻き集めて、良妻の返事をする。

「ふっ、うっ」

声帯を震わせず、梨沙は炎の息を吐く。

何かがいつもと違う。背後の青年より、自分自身の肉体の変化に戸惑っていた。三十六歳の人妻は、セックスレスの日々を過ごしている。澪(おり)のように積もった女欲の薪(たきぎ)が燃やされたのか、ふだんの強気な態度を前面に出せない。

そこには夫にも言えない浅ましい期待感がある。

「どうしたんですか？　もっと暴れていいですよ」

神経を逆撫でする卓也の挑発はやまない。

「もうやめてっ、こんな……」

淫らな熟女の片鱗と清楚な良妻を往復する梨沙。

プルプルと太ももが震えて膝が笑う。弛緩と収縮を繰り返し、息も乱れはじめていた。白い豹と恐れられている美女の変化に、卓也も興奮しているらしい。

「はうっ、んっ」

右手の甲で口を抑える。

力強く青年は聳え立ちで熟尻を擦ってきた。ゴリゴリッとタイトニットの布地を裁断する勢いで尻肉が熱くひしゃげる。その一方で、右の尻房ではネトネトと指がうごめいた。ヒップの肉質の熟れ具合を確かめるように、麓から尻丘に指先がスライドする。関節がクイクイッと曲がり、布地を捲り上げてきた。

「柔らかくて弾力性もある。歯ごたえ抜群のお尻ですね」

「アナタっ！　ヤラせるなんて言っていないわ」

梨沙は相手の耳元で鋭く叫ぶ。

そのとき、受話器から夫の声が聞こえる。

「ああ、わかっているさ。お前はそんな軽い女じゃない。また連絡するよ。今度、ゆっくり会いたいな。ふうう……じゃ」

吃驚する人妻にかまわず夫は電話を切った。

卓也がククク、と笑う。

「旦那さんもヤリたかったんですね。もし俺よりチ×ポが大きかったら、譲ります
よ」
「卓也くん！　これは何なの!?　もう、あ、あうっ」
「尋常じゃない命令をやり遂げると、ムラムラするんです」
ギラッと猫目を吊り上げると、卓也は肩をすぼめた。その仕草はいかにもあどけな
く、人妻の母性本能を刺激してくる。珍しく火照る女体を理性で制御できない。
（どうすればいいのよぉ。不倫なんて……）
時間をかけて愛撫された心は、青年との結合を望んでいる。だが、不貞を容易く冒
すほど尻の軽い女ではない。色香は男を翻弄するためで、誰彼かまわず股を開く女と
は違うのだ。
ただ、卓也の逞しすぎる情熱に、人妻はなぎ倒されそうになっていた。
「場所を変えましょう。煩悩の湯で説明します。冷えたお身体を温めないと」
わざとらしく卓也は言った。反論しようとする梨沙のヒップに、もう一度、ペニス
が押しつけられる。禍々しい肉棒にグリグリッと熟脂肪を窪まされて、人妻はビクッ
と顎を上げる。つい承諾の返事をしてしまう。

2

鉄の女と言われる人妻社長の変化に、卓也は眼を細めた。「鵺の間」を隔てる障壁は襖一枚しかない。梨沙の無防備な様子に、精霊が憑くという里穂の言葉を信用することにした。

だが、これは第一段階だ。押し倒して貞操を奪うだけでは意味がない。何らかの形で十倍返しをされるだけである。旅館の債権問題も解決できない。

(梨沙があの湯に浸かってどうなるか……)

青年は冷静に状況を観察する。

「ふう、アナタが求める特別報酬って、これだったの？　ガッカリだわ」

彼女はブラウスを脱いだ。

着替えを覗くなとも言わず、襖をピシャリと閉める真似もしない。ふだんの堅い人妻社長の性格から、ありえない状況は継続中である。

「俺が会社に就職した動機は、社長のエロい身体ですよ」

さらりと不純な理由を述べる。

チラリと梨沙は卓也へ視線を移した。隣室の座布団に胡坐をかいて、青年はじっと彼女のフェロモン溢れる肢体を眺めている。劣情の塊にまみれた眼差しに、彼女はかなり動揺しているらしく、目元を紅くしていた。

「ね、少し落ち着いてちょうだい。いつもの卓也くんじゃないわ」

梨沙はゆったりと艶めかしい唇を動かす。ブラウスの布地から、丸みのある白肌が光った。ほの暗い部屋の脱衣は、嫌でも視線を引きつける。年増くさいブラジャーもそそった。フリルのないフルカップのパッドには、椿の花柄模様が刺繍されている。

「社長も俺と同じ気持ちになってくれたと思ったからです」

淡々と卓也は恋慕の情をぶつけた。彼女はじっと潤んだ猫目で見下ろしてくる。腕を組むと、豊満な乳房が中央に寄せられて、深遠な谷間を作る。ムチムチの肉感を詰め込んだ球体は、わずかに揺らいだ。まるで、卓也に見せつけているような所作だった。

「もっと冷静になって。ああ、うっ……」

腰をひねったまま、梨沙はスカートのサイドファスナーを下ろす。指先が震えて、思うように動かないらしい。くびれたウエストから盛り上がるヒップは、柔らかそうにウネウネとうごめいた。弾力性のある丸尻が卑猥に左右へ動く。

（いやにとろいな。まさか、俺を誘惑しているのか）

手際のいい俊敏（しゅんびん）なフットワークは、里穂や杏奈に勝るとも劣らない。心を落ち着かせるために、わざと時間をとっているようにも見えた。

「俺がファスナーを下ろしますよ」

ピクッと彼女の肩が跳ねる。俯き加減の人妻の体勢は、無防備なエロスとフェロモンを放っていた。その手先は、まったく言うことを聞きそうにない。

当初は、とんでもない、と言わんばかりの表情を浮かべた。次第に、どうしようもないと思いはじめたのか、上目遣いに卓也を見た。

「はあっ、お願いするわ。もうっ、卓也くんが変なモノを押しつけたから」

「ハイハイ。お待ちください」

彼女の部屋に足を踏み入れる。特に警戒心も嫌悪感も示さない。そこにあるのは、妙な高揚感と心の震えだった。近づくと、人妻の絹肌の美しさがきらめいた。

「早くしてちょうだい」

梨沙は腕を組んで姿勢を戻す。ピシッと背筋が伸びて、熟脂肪タップリの尻房が左右に動いた。ファスナーは壊れておらず、すぐに引き下ろせる。ヒップに貼りつく生地に手が触れた。彼女は文句を言わない。ただ、恥ずかしそうに背を向ける。

スカートを脱がせる親密さを、人妻は身体で示してきた。異常な発情の揺らぎを確認して、ニットの巻き布地をそっと剝いでいく。

「んふっ、うっ……くふっ」

梨沙が吐息を乱す。

見事な桃尻の美しさに、卓也はため息を吐いた。ウエストまで白のストッキングを穿いているヒップは、芸術的な曲線でまったく無駄がない。里穂の圧倒的なボリューム感には及ばないものの、本能的に触ってしまいたい欲望を疼かせるみずみずしい肉感は堪らない。

「失礼しました。では」

ここで鑑賞しても仕方がない。味見して、本格的に牙を立てるのは先の段階だ。

「んふっ、あっ、んっ……どうもありがとう」

猫目を細めて、彼女は不敵な微笑みを浮かべる。魅惑の切れ長の目にゾクッと射抜くような色気が漂った。明らかに梨沙の心には、見えない力が働いているらしい。

(シナリオどおりにいけば、最高なんだけどな)

股間を猛々しくモッコリさせ、卓也は微笑み返す。

（どうかしちゃったわ、わたし）

夫以外の男に脱衣を手伝ってもらうなど、信じられない報酬を与えている。しかも、スカートを脱いだあと、襲いかかる真似はせずに、卓也から襖を閉じてきた。まるで、すべての果実を丸かじりするのが惜しいような眼が印象に残る。

彼の恋慕に濡れる眼が、心の底をいやらしく疼かせた。

「ああっ、アナタ……」

ときめきに心が揺すぶられて、梨沙は淫猥な欲に絡めとられる。


「こちらが煩悩の湯です。鉱泉の分析表は手に入りました」

「そう。媚薬効果を立証できるかしら？」

「公（おおやけ）には難しいですが、利用価値はあります」

煩悩の湯で卓也は流暢（りゅうちょう）に説明する。彼の債権回収案は完璧だった。どうやら彼の武器は人脈の多さにあるらしい。善悪問わず、資金回収手段でいろいろな人間を味方につけているようだ。

媚薬温泉で短期的に利鞘（りざや）を稼ぎ、その間に熱源の調査を行う。電力不足を見越して、地熱発電プラントの用地として転売。インフラ産業等、工業用途なら桁外れの値でさばける。

「少なくとも、彼女たちはこの地から離れることに同意しました。旅館と温泉地だけでなく、精霊温泉用地全域なら、不動産への転用も可能です」

力強い言葉で彼はさらに念押しする。

（本当に里穂を同意させるとは……）

驚嘆の一語に尽きた。梨沙にとって里穂とは浅からぬ縁がある。梨沙が表に立てば泥沼に陥る可能性もあり、彼に託したのだ。今回、一番の難点は感情の問題だった。債権回収額を大盛りにした理由はそこにある。里穂への恨みを晴らしたかった。

「社長、一点だけ確認したいのですが……」

浴衣姿で卓也は椅子に座った。

「何かしら？」

「債権額は二百億というのは本当ですか？　設備への投資や負債を改めて見直しました。総じても十億ぐらいで、社長のおっしゃる金額とは相違がありすぎます」

「ウフフフ、卓也くんにしては珍しいわね」

「何のことでしょうか？」

「債権の転売する額を二百億にしたいの。まだ、転売先とは交渉中だけど。安く買い叩いて、高い値で売る。当然のセオリーじゃない。どうしちゃったのよ」

「それでは……」

「二百億の借金なんて、あるはずないわ。十億の借金を早めに処理したいと希望されて、二百億に吊り上げたの。そもそも女将が旅館の譲渡に応じないと思ったから」

里穂への怨嗟の過去を省略し、経緯の全容を説明する。

「俺は彼女たちを騙したわけですね……今まで、違法に取り立てをしたことはありませんでした。それなのに……」

チラッと卓也は視線を落とす。

(マズいわね。変に機嫌を損ねられると困るわ)

彼の言い分は正論だった。

「もう、本気で勘違いしていたのね……頭のキレる子だと思ったけど、まだまだ甘ちゃん坊やだわ。あとは、わたしに任せなさい……特別報酬を水増ししてあげるわ」

会話に関係なく、沸々と梨沙の身体は火照ってしまう。

「一夜限りで、シテもいいわ……と言いたいけど。わたしは夫を持つ人妻なの。でも、あなたの慰労をしてあげる……」

「ああ、社長……本当によろしいのですか?」

「梨沙でいいわよ」

母性溢れる笑みを滲ませた梨沙。

入社以来、卓也には目をかけて優しく柔らかい印象を与えてきた人妻社長。帯をほどいて、浴衣を脱ぎはじめる。卓也は眼つきを鋭くする。ヒップから乳房まで狙うように見つめた。

「こんなオバサンの身体でも、そんな眼で見てくれるのね」

「梨沙さんは美しく綺麗な方です。卑屈にならないでください。謙遜だとしても、張りのあるプロポーションじゃないですか……」

「やっぱり、戸を閉めたあとも着替えをのぞいていたのね」

トクンッと静かに、そして高らかに胸が鳴った。

（なんでこんな台詞が……）

完全に誘惑する雰囲気になっている。いくらサービス精神旺盛な梨沙も、部下の下半身を慰めるつもりなどなかった。下腹部の疼きが甘い言葉となってこぼれる。

梨沙の心は爛れた肉体の欲望に流されていた。

「いいじゃないですか、今日だけですよ……」

悪魔のように卓也はささやいた。

梨沙の喉はカラカラになる。腰をくねらせて、ブラジャーを外すか迷ってしまう。バスト九十五の美乳は、弾力性を維持しておりトップは高い。

襲いかかりそうな眼つきで青年は興奮している。

視線の矢が白肌に刺さり、梨沙の脱衣のスピードが遅れた。

「ああん、もう、仕方ないわね」

思いきってバックホックを外す。すぐに両腕でたわわな胸を隠した。厚い布地で覆われたまろやかな球体が谷間の影を濃くする。前屈みになる熟女の鎖骨からムニュリと柔肉の球体が卓也の視線をいっせいに浴びた。

「ジロジロ見ないでぇ。恥ずかしいぃ」

両脇に痴汗がしぶいた。不思議なことに嫌悪感は薄れている。潔癖症の女肌は、普通に触られることへのアレルギーが強い。さらには、視線で撫でられることすら、我慢ならないときがあった。

心地よい高揚感が、乳房をうねらせる。

「フィットネスジムで作り上げた身体じゃないですか。拝めるときに拝んでおかないと。俺はヌードにこだわりはないですよ。綺麗で美意識の高い梨沙のボディーは、心が洗われるくらい美しい」

「そこまでじゃないわ……」

　歯が浮くような褒め殺しにも心はときめく。肩紐を腕にずらし、そっとパッドを離していった。拘束されていた双房のふくらみが大きくなる。赤い椿の花柄模様から、ツンと尖りしこった乳首がフルフルと揺らめく。

（ああ、いやらしく勃起して）

　片腕で隠そうとするが、弾力性のある乳肌にツルンッとすべった。どっしりと落ち着いていた梨沙の表情から余裕はなくなり、羞恥心に頭は真っ赤になる。

「気品のある乳首ですね。薄いピンク色で……ナチュラルな美しさが素晴らしい。充血して、その大きさは意外だな」

「あっ、やっ、いわないで」

　高慢な自信溢れる美貌が気弱に歪む。

　開き直って、両手をウエストに移す。プルンッと弾む生乳は、俯き加減の姿勢でもまったく形状が変わらない。透明感溢れる丸みに、薄っすらと血管が浮かんでいた。ジワジワッと乳輪が硬くなるのを感じた。

「身体が冷えてしまいます。早く湯に浸かられては？　濁り湯ですので、恥ずかしい場所は隠れます。俺は視線をそらせませんが……」

「わかっているわ。ううっ、はあっ」

中腰の姿勢で、梨沙は声を振り絞る。

浴槽の湯面から煙が漂う。時間によって、温度の変化が著しいようだ。やがて、湯煙は浴室全体を覆いだす。視界不良になり、女は安堵のため息を吐いた。

ショーツも刺繍布地の色っぽい赤である。花柄模様からスラッとした足をとおすと、切り揃えた叢(くさむら)がしめやかに濡れていた。火照る股のつけ根を押さえるように、ゆっくりとショーツを脱いだ。抜けるように白く長い足から続くヒップは、梨沙の自慢でもあった。

(あの性癖に気づかれていなければいいけど)

梨沙は特異体質を抱えているため、容易く肌を晒せない、という盲点がある。地元の人間には知られたくない恥部だった。

「もっちりしたお尻ですね」

湯煙の向こう側から、卓也の声が響いた。

「ええっ、ああっ、見えるの!? あっ、んっ……」

どう応答すればいいかわからず、梨沙は懊悩の息を吐く。

「ヒップの引き締まりがいい。熟れた脂がタップリ乗って、眼福(がんぷく)モノです。左右の房がピッタリとついているのは奇跡ですよ」

声が聞こえないと思ったのか、青年は卑猥な賞賛を大声でまくしたてる。

「ああっ、卓也くん、ちょっと」

蚊の鳴くような声で、人妻社長は狼狽えた。

湯煙を吸うと、妖し気に乳首が疼く。気分を落ち着かせようと、深く息をすればするほど煩悩が神経に根を張ってくる。肩が上下して、梨沙の熟房もうごめいた。

(頭がボウッとしてくる……)

白い煙は女体をピッタリ覆う。

まるで、意思を持った生物のような挙動に戸惑い、気分は高揚する。しかし、真っ白な闇のような状態に無力感で一杯にされた。卓也の存在感も見失った錯覚に陥り、心細さすら芽生える。

「どうしたんだ梨沙?」

怪訝な声が耳朶を打つ。

刹那、湯煙がギュッと女体にまとわりついて消失する。気がついたら、浴槽の前に立っていた。卓也は不思議そうに首を傾(かし)げていた。

「いえ、何でもないわ。ふう、温かいわ」

そっと湯面に足を入れた。胸元まで濁り湯に浸かると、緊張感がほぐれる。極限まで収縮した神経が弛緩し、湯のぬくもりが染み渡った。

浴槽内部は成分が均一になるよう、湯を循環しているらしい。

(アソコが疼くわ。ああ、もう、どうして)

ふたりは浴槽の中心にいた。股間付近から湯が立ち昇って、乳房を揺らす。そんな刺激がきっかけになり、尻間の内奥から淫らな搔痒感が脈を打つ。

「煩悩の湯は、女性に最強の媚薬効能がある。梨沙ならおかしくなることはないだろうけど、気をつけて。常連客は、この効能に魅了されるらしいので」

「はい。わかりました……ああ、卓也」

快楽神経が翻弄されて、ふたたび梨沙は理性を朦朧とさせる。胸元をわずかに湯面から出すと、ムチムチの熟乳が相手の視線を誘惑した。


「じゃあ、フェラチオから頼む」

悠々と命令して、卓也は立ち上がる。

(里穂の証言は合っているな)

湯の効能には個人差があり、性欲盛りな客には絶大な支持をえる。ただ、催淫効果への耐性も確認するため、湯の素で事前に入浴までしてもらうという。

　これは成分解析でもメカニズムは不明らしい。だが、実のところ、卓也には湯の効能などどうでもよかった。もはや、梨沙を魂の領域まで欲湯に浸けないと気が済まない。

「手でしごく？　それとも舌舐めで吸い上げる？」

　猫目を潤ませて、三十六歳の人妻は見上げてきた。

　高慢女社長の隷属的な表情に、ふだん冷静な卓也の肉棒も噴火しそうになる。ここでいきなり顔射しては意味がない。

「どっちもだ」

「わかったわぁ、ああっ、こんなに逞しかったのね」

　ウットリとした表情で、梨沙は肉棒を優しくつかんでくる。両手でペニスの大きさと性感帯を確かめてくる。卑しい手つきに躍る指先は、ときおり、青年の性感スポットをザラリと突く。

　つたのように肉樹にウネウネと白い指が絡みつく。

「フフフ、ああ、熱いわぁ」

　煽情（せんじょう）するように声をしならせる梨沙。

「早く舐めろ！」

「焦らないでぇ。ゆっくり楽しみたいの」

ネットリと瞳を欲に濁らせる人妻は、軽く亀頭にキスしてきた。慣れた仕草に怒棒から股間へ至福の刺激が広がった。真っ黒な尿道口から、彼女は接吻の嵐を見舞ってくる。眼を細めて、かいがいしく唇の肉を亀頭や竿に一度押しつけてくる。

「んおお、いいぞ。もっと激しくしてくれ」

「だからあ……ね、急かさないでぇ」

綺麗なピンク色の舌が唇から飛び出す。亀頭につけた唇をクルッとまわしてから、ペロペロ舐めてきた。刺激の変化が、新たな種類の刺激を呼び込む。

チラッと梨沙は卓也を見上げてから、裏スジを吸い上げた。脳が快楽に溢れて、射精欲の信号が股間に警報を鳴らす。ビクビクッと肉棒が唸った。

「ウフッ、だから言ったじゃない。弱いところはすぐわかるの」

「梨沙はフェラチオ慣れしているな」

怒濤の快楽を浴びて、卓也は普通に梨沙を賞賛する。彼女の目元が朱色に染まった。セックスレスを感じさせない舌戯は、天性のセンスを匂わせた。

「はうむ、ううっ、ここもいいでしょ？」

今度は精嚢袋を口内に咥えてきた。予想もしない攻めに、卓也は射精欲を必死に抑える。さらに、彼女は人差し指で尿道口を優しく撫でまわし、指リングで亀頭冠を押し上げてくる。

無限の電流が股間に渦巻く。

「ああ、何もかも最高だ」

「ウフフ、はあ、大きいオチ×チンだわぁ」

梨沙の言葉に、卓也は自信を得た。舌で玉袋を転がされて、ムラッとどす黒い欲望が芽生える。金銭では手に入らない快楽をジックリと嚙みしめた。

華奢(きゃしゃ)で長い指が剛直を柔らかく舞う。

「どこを触っても気持ちよさそうな顔ね。弄り甲斐があるわ。でも、揉みほぐすと、大きさがさらに増しているわぁ……」

未知の生物を眺めるように人妻はつぶやく。

(あの梨沙が淫乱に俺のペニスを……)

ブラウスとタイトスート姿以上の色香が漂う梨沙の姿は、卓也も拝んだことがない。彼女は煩悩を炙り出されて、本来の自己を見失っている。ここで、口調を強くすれば、中出しセックスも可能なはずだ。

「素敵な顔だ。旦那さんが羨ましいな」

「夫の話はダメ。ふうっ、でも、あの人にもここまでしないわ。アナタのペニスは夫よりも逞しいから特別よ」

恥じらいつつも、彼女は平然と口にした。

ピクンッと亀頭が歓喜に吠え猛る。むしゃぶりつく人妻の淫靡な美貌は、眺めているだけで射精しそうになった。冷静に情欲を抑えて、梨沙の様子に眼を光らせる。

「ああむ、ふうっ」

玉袋を舐め終わると、梨沙は赤黒い亀頭に唇を押し当ててきた。指先と違う感触が肉棒を駆け抜けて、極楽の愉悦が股間を燃やす。

梨沙は非常に積極的だった。

「ウフッ、ポーカーフェイスでも、先走りは出ているわ。すごい濃ゆい味。咥えきれない大きさね。はうむっ……」

「ぐっ、そこまで」

彼女のぽってりした唇の輪が亀頭をすべり落ちる。大きいと言いながら、雁首まで口内に咥え込んできた。温かい感触が怒張に広がる。柔らかい粘膜で包んできた。

猫目でじっと見上げながら頬を窪ませる梨沙。

（国立大卒のエリート美女が俺のチ×ポを）

上っ面の情欲に煽られて、形だけ舐めるふりはしない。こちらの精液を飲み下す覚悟がなければ、清らかな口の内部に頬張らない女傑のはずだ。

クールな青年が珍しく吐息を上擦らせる。

「チュルッ……はああっ、ウフ、お気に召したようで幸いだわ。ふうう、はあむ、ううむ、レロレロ、ううんっ……」

高慢女のプライドは、確実に一枚ずつ剝がれていた。すべては卓也のシナリオどおりであり、梨沙は青年の仕掛けた蟻地獄の罠に嵌っている。

メキメキと強張りは硬度を増した。鉄の反り返りの先端を、梨沙の舌がネロネロと信じられない早さで嬲りまわしてくる。同時に磨き上げるような塩梅で唇の輪を上下に往復させてきた。

亀頭冠に唇が引っかかり、彼女はダメを押すようグイッと引き上げる。

「ふぐっ、んおっ」

「フフフ、チュパッ……おもらしの量が増えてきたわ。もう、本出しみたい。トロトロと粘っこいお汁がわたしの喉にへばりついているわ」

煽情的な台詞を言って、梨沙はキュッと肉竿を握る。怒張は唇で、怒棒は指でしごく梨沙。メリハリのある攻めを繰り返す。柔らかい感触は緩急もあり、牡欲を刺激してきた。

しばらくすると、亀頭から顔を離した。

「本当に太いオチ×チンね。こんなモノで貫かれたら、どうなってしまうのかしら。ああ、でも、ウフフ、素敵ねぇ……さて、竿を舐めてあげるわ」

「くおおっ……」

ネットリとした唾液が赤黒い怒張を濡らす。嵩張りのエラを指リングで引っ張り上げて、ふたたび指先で鈴口を弄(いら)いだした。

(これなら、遠慮なくイケそうだ)

卓也は股間の熱癒に揺さぶられながら、怜悧に状況を俯瞰(ふかん)していた。肉幹の左半身を指先で撫で擦り、残りを愛おし気にキスしてきた。

数多(あまた)の女性達に愛撫してもらったペニスのしゃぶり方は、女性の数だけあるのだと、あらためて思い知る。根元から舌をペロリとしならせて、チラッと視線を合わせてきた。

「もう、そろそろ……」

ぐつぐつと熱い精液の噴出する予兆(よちょう)を訴えた。

「フフッ、本当に特別ボーナスよ。社長がゴックンしてあげるなんて……」

悪戯（いたずら）っぽく梨沙は眼を細める。ググっと白い指がしごき上げてきた。白い濁り湯の中で、梨沙の豊満な肉体は火照っており、ピンク色に上気していた。

プクッと勃起した乳首は淫靡な形状へ変わっている。

「ああっ、梨沙……出すぞ」

射精を訴えると、彼女は肉棒の裏スジに凛々しい顎をつけてきた。ぽってりした唇を開いて、亀頭の前でかまえた。まるで「さあ、このナカにお出しなさい」と言わんばかりである。

煽情的な光景に、思わず腰を突き出した卓也。

「ちょっと、卓也くん……あぐっ、んっ、んんんっ」

「んおおお……」

怒張を捻（ね）じ込まれるとは、梨沙も思っていなかったらしい。パッチリした猫目をつぶり、小鼻をヒクつかせる。ぽってりした厚い唇が肉竿を甘噛みしてきた。

ドクンッと高慢人妻社長の喉奥に、白濁液を打ち込む。極太の肉棒が狂喜乱舞して、濃厚な牡種を放つ。さらに卓也は相手の頭をつかみ、強引にペニスを喉奥へ突き込んだ。

「んんっ、んっ……」

梨沙は瞼を閉じた。やがて、華麗な人妻の目尻から涙が伝う。

「飲んでください、飲み込むんだ、梨沙！」

吠え猛る卓也はグイッと黒髪を引っ張り上げた。青年の強引な行為に、太ももへ爪を立てる梨沙は、裂けんばかりの勢いで眦を開けた。それから、降参したように目元を赤らめて、白く長い喉を何度も波打たせる。

（そうだ、お前の更生はこれからだ！）

逃れられないと悟ったのか、瞼を落として子種を嚥下する梨沙が、そこにいた。

3

吐精の脈動が収まると、卓也は梨沙の美貌から腰を引く。喉奥まで抉られた梨沙は涙目で甘く睨み上げた。彼は唇の位置で亀頭を留まらせる。栗の花の匂いでクラクラしながら、綺麗に舌で舐りまわした。

つかまれた黒髪を放されると、梨沙は煩悩の湯を両手で掬い飲む。鉱泉からの湧出水のため、飲んでも身体に害はないらしい。胃の腑に痺れるような鈍い満足感があっッと剛直を眺めて、彼はもう一度、ペニスを眼の前に近づけてきた。

「ゴホッ、いきなり、突っ込むんだもの……」

「いえ、失礼いたしました」

慇懃無礼な態度に、梨沙は少し腹を立てる。彼はもう一度、ペニスを眼の前に近づけてきた。尿道口からゆっくりと彼の子種を啜って嚥下する。ジッと剛直を眺めて、人妻は呼吸を整えた。窒息死するかという雄々しい迫力に、女傑の社長も抵抗できなかった。

（ああ、でも、いいわぁ……いえ、ダメよ）

無理にでも男の肉欲を叩きつけられる。その歪んだ愛情に胸がときめく性癖こそ、梨沙が絶対に晒したくない別の秘密だった。暴力と命令に歓喜するマゾヒズム。

梨沙は桜色に茹だった身体を湯面から上げる。乳房の谷間から勢いよく湯が流れ落ちた。湯の効能は、第三者を暗黙裡に説得できる材料が揃えば問題ない。

卓也に奉仕したおもてなしとまではいかないが、バスタオル姿で背中を流せば売却先の接待としては充分である。転売取引は成功するだろう。

そのとき、聞き覚えのある声が響いた。梨沙は動きをとめる。

「そうか……やっぱり、浮気していたのか……」

背後の青年に生尻を晒した状態で、人妻は裸体を硬直させた。十二分に温まったはずの背中に悪寒が走る。キョロキョロと周囲を見渡す。

「えっ、徹さん!? どうして……」

夫に淫戯を覗かれている気分になり、梨沙は声の出所を探した。彼の姿はあるはずもない。卓也が浴槽の脇に手を伸ばした。

「東条徹さん。これまでの音声は録音済みです。俺は社長に別件でお話がありますから、また、のちほど。では……失礼いたします」

卓也は浴槽の外に立てかけていた防水型のスマートフォンを手に取った。彼が隠した場所は窓側の浴槽の縁で、入り口から死角になっていた。

「アナタ、何を……」

総身をわななと震わせて、梨沙は振り返る。ツンと尖った乳首に視線を感じて、片腕を巻きつけた。ザワザワと人妻の心に不安の波風が立った。

「俺が社長の旦那さんを知らないと思っていました? さっきの旦那さんの会話に違和感はなかったんですかね。実は、彼とは同じ研究室の先輩なんです。転勤になったころだったか、浮気調査の相談をいただいて……離婚を希望されていたんです」

スラスラと青年は説明する。

淀みなくわかりやすい内容は、作り話や法螺には思えない。夫は懸命に妻を愛そうと必死なふりをしていたようだ。もちろん、梨沙の不安は不倫だけではなかった。

（それよりも、卓也の狙いは何!?）

目の前の青年は、他人の依頼を上手く利用するタイプ。不倫をネタにする真の動機があるはずだ。彼が欲しいモノ……それを想像すると恐怖に思考力は停止する。不安が不安を呼んで、どんどん恐怖感となって湧き出した。

「アナタは会社を潰すつもり？　卓也は今の待遇に不満なの？」

いきなり夫をネタにされて、梨沙は気が動転した。

「話をすり替えないでください。そうさせたくないでしょ」

「あ、当たり前のことを……」

怒りに我を忘れそうになる人妻。

梨沙の表情を見て、別人のように卓也は大きな声で怒鳴りだした。

「だったら、ガタガタ抜かすなよ。男を寝取られた恨みで、債権を水増し請求させるなんて、ありえないだろ。俺を何だと思っているんだ!?」

「あっ、ううっ、卓也くん……!?」

今までの雰囲気とは一変して、あどけない青年の顔は恐ろしい形相になっている。

ギラギラした眼差しは、牡欲まみれの濁った光に淀んでいた。

するとと、彼は三脚のスタンドを立てて、スマートフォンをビデオカメラといっしょに設置した。それを浴槽に向けてくる。

「徹さん……どうして……」

「未練タラタラで、通話を切れなかったようだな。聞こえているんでしょ。悪いんですけどね。約束は守れませんよ……離婚したいなら何をしてもいいだろ！」

「な、なぜだ？　報酬は弾むと言ったじゃないか」

スマートフォンの画面越しに夫が狼狽える。鮮明な表情が映っており、明らかに動揺した様子で裸のふたりを眺めていた。

「社長が不当な取り立てを俺にさせたからです。犯罪じみた真似は、凌辱じみたお仕置きで償ってもらうしかない。セックスしないという約束は無理です」

「馬鹿なことを言わないで！」

こめかみに青筋を浮かべて、梨沙は怒った。

「馬鹿？」

乾いた声で復唱すると、ムチムチのヒップがパアンッと鳴った。ボリューム感タップリの尻房が左へ揺れる。柔らかいふくらみがジーンッと熱を持ち、スパンキングされたとわかる。

「やああっっ、やめて……」

浴槽の縁をつかんで、梨沙は艶尻を振りたくった。すぐに、肉厚な熟尻の反対の頬が叩かれる。容赦ない強さに、左右とも手形がついたような熱を味わう。怒りの感情に顔は真っ赤になった。相手を睨みながら、ふたたび浴槽に浸かろうとする。

「卓也！　いい加減にしなさい」

「それは俺の台詞だよ。マゾ妻が……」

怨嗟の念で睨み返しても、卓也には響かない。

むしろ、浴槽から出ようとしない三十六歳の人妻の姿が嬉しくてしょうがないようだ。

（ううっ、どうして、こんなときに身体が疼くの……力が……）

歯軋り（はぎし）りして梨沙は悔しがる。弛緩剤を注射されたように、手足に力が入らない。ちょうど、立ちバックの体勢になっており、青年から絶好の的になる。彼の視線が熟尻の芯を射抜いてきた。

夫の声が浴室に響いてくる。

「やめたまえ！　広沢君、俺の妻に手を出してはいかん」

「無理だな。アンタも浮気調査を妻の部下に依頼したんだ。これぐらいのリスクは覚悟してもらわないと。それに、本来は旦那が聞けば五分で終わる話じゃねえか」

両足が動かず、梨沙は弱々しく丸い生尻を揺すり立てた。

「やああっ、どこを見ているの!?」

「梨沙の想像しているとおりだよ」

ニンマリ笑う卓也の表情は、入社以来はじめてだった。彼が心から楽しむ笑顔を見たことはない。よじりたおすヒップを、続けざまに叩いてくる。

その手つきは、脂のノリを確認する調子で、本気で叩きのめす勢いはなかった。

「ああんっ、痛いぃ……やあっ、ああんっ……」

プルンプルンッとみずみずしい生尻が左右に動きまわる。締まった桃房は分厚い脂肪がいくら形状を変えても、すぐに復元した。

完璧なプロポーションに仕上げた梨沙は、己の裸体を憎む。

(ダメえ、ああ、このままでは)

当初、ハラワタが煮えくり返る気持ちだったのに、しばらくすると綺麗サッパリ消失した。ムクッと牙を剝き出した淫らな感情が、梨沙の内奥を痒く火照らせる。

しかも眼の前には夫の顔があった。彼は妻の醜い性癖を知っている。それを克服することが夫婦の仲を元に戻すきっかけになると思っていた。

「あーーんっっ、ふっ、あひいっっ……」

「どうした？　ああ、叩き方がまずかったのか」

納得したような顔で卓也は頷く。

彼はゆっくりとヒップの横にまわり込んだ。濁り湯から顔を出す完熟の桃尻。その頂高いふくらみに視線を感じる。嫌な予感がザラッと胸元をよぎった。

「オラッ！　これがいいんだろ！」

平手打ちが梨沙の白尻を圧してくる。強くもなく弱すぎない力で、左右へヒップが跳ね飛んだ。やがて、真ん丸なヒップに手が貼りついてくる。そのまま彼は乱暴に尻房を揉みまわしてきた。いやらしく貪婪な嬲りはおぞましさしか感じない。しかし、ジリジリと熱い皮膚の感触は新鮮な快楽となり、人妻の脳に伝播した。

唇を噛みしめ、梨沙は俯いて凌ごうとする。浴槽の端をつかむ腕が震えた。

「やあっ、んふ、ダメッ、それ以上いやっ……」

非難の叫びは甘くしなる。甲高い声にならず、ピリッとした緊張感も生まれない。

「我慢するなって。気持ちいいんだろ？　どうせ、同じ結果に終わるんだから」

ヒップの弾力性を確かめて、青年は右手を離す。振り上げた手は、なかなか戻ってこない。

梨沙は緊張感と歪んだ快楽に熟尻を揺らめかせる。強張る筋肉は緩んで、丸々と大きなヒップラインがうごめいた。パンッと不意に尻朶が波を打つと、人妻は口端を下げる。ブルブルと唇が震えて甘いよがり声を叫んだ。

「フフフ、待ちかねているようだな」

「あんっ……そんなことない……ひゃんんっ！」

さっきまでの抗う態度は影をひそめている。浴槽の縁に手を置いて、立ちバックの体位で尻を突き出していた。鍛え上げた筋肉の上に、熟れた脂が綺麗な丸尻を作っている。

甘ったるい感情の疼きを耐えるので、梨沙は精一杯だった。一発目は心地よい音色で強めに叩いてくる。二発目は、人妻の反応を観察するため、弱々しい叩きで微かに尻面を揺らしてきた。

そのサイクルを繰り返されるうちに、ふたたび梨沙は屈辱の業火(ごうか)に内奥を炙られる。

「んふっ、ふあっ、ああっっ、アナタ、助けてぇ」

思わず喉元から哀訴の声を出す。ところが、夫は沈黙の表情で眺めてくる。眼と鼻の先に映る男の視線は、愛妻を救済したいという情を失っていた。

呆れたように卓也がつぶやく。

「アンタ、他人にイジられる妻には興奮するのか……」

「馬鹿な!?　俺はそんな変態じゃない」

「馬鹿？」

ギラッと青年は眼の色を変えた。

悪戯をした子の尻を叩く親のように、卓也はスパンキングを続けた。

梨沙は感情のほとばしりをくいとめようとする。プルプルッとヒップは震えて、卓也の凌辱心を煽ってしまう。

パアアンッと大きな音が浴室に響いた。

「ああーーんんっっ、はんんっっ」

隠しようもない甘ったるい声で、梨沙は顔を上げた。目尻を下げて、唇から涎をもらす。だらしなく歪んだ美貌に、卓也は勝者の微笑みを浮かべる。

「マゾヒストだったとはね。俺も梨沙の堕ちヅラを拝むまでは信じられなかったぜ。ハハハ、これも録画しているからな。変態の旦那に送ってやるよ」

「あんっ、アナタ、何か言って！」

必死に助けを請う人妻。痴態を晒す妻に、夫は興奮を隠せないらしい。ジッと真面目な視線を送ってきた。二匹の牡からの視姦に、梨沙の脳内はグチャグチャにされていく。

「やめなさい、広沢くん……や、や、やめるんだ……」

形式的に非難する夫の声は弱々しい。

彼の声を聞いて、卓也は納得したように頷いた。

「アンタ、最初からこうなると読んでいたな。自分がセックスするときにマゾヒストになられると、欲情しないんだ。悪いが変態の性癖に興味はない。俺は本気で梨沙を奪うからな」

確固たる決意に、梨沙の胸がときめきを覚えた。

(なんでこうなるのよ！　ああ、ありえないわ)

夫の前でスパンキングされて恋する人妻。そんな淫乱女になった覚えはない。

ヒップを叩く青年の手から、逃してなるものか、という逞しさが伝わってきた。その雄々しさが不覚にも人妻社長の心を揺さぶってくる。

「さてと、こんな前戯は終わりにしよう」

卓也の指示により、梨沙はカメラに向かって結合部を晒すよう、浴槽内で体勢を変えた。体位はそのままで人妻は壁に手をつく。水膜を結んだ檜製の壁はふたりの姿を映している。

「ああっ、ううっ……いやっ」

はしたないふたりの姿に、梨沙は呻く。青年の指が魅惑の尻に喰い込んでくる。荒々しく左右に開かれて、思わず俯いてしまう。

あの卓也に秘園を覗かれてしまうとは……。

「エリート妻の美女社長も、オマ×コは卑猥だな」

「いやっ、ハッキリ言わないでぇ」

長い睫毛を震わせて、梨沙は啜り泣きはじめた。痴園は愛欲にうごめき、すべての煩悩を象徴するように蕩けている。マゾヒストの悲しい性だった。

（ああっ、夫でもない男に見られるなんて……）

敗北感にうなだれる梨沙。美しく気の強い人妻社長は性欲が強い。くわえて、卑猥な陰部にコンプレックスがあった。さらに、恥部を虐（いじ）められると快感が昂ってしまう危険な性癖である。

「ああ、旦那さん。お疲れさまでした。あとは俺たちで仲よくセックスするから、動画を送ってやるよ。ハイ、またね」

プツンッとスマートフォンから動揺する夫の声が消えた。三脚の上にはビデオカメラも載せられており、赤いランプが録画中を示唆(しさ)している。

「やあっ、いやよっ、あうっ！」

「ここまできて、ガタガタ抜かすな」

立ちバックの梨沙の張りのあるヒップに、容赦なく卓也は顔を埋めてくる。カプッとクリトリスをかぶりつかれた。

肉溝を舐められて、電気刺激が子宮まで届いてきた。抗うように、ウネウネとヒップをよじらせる梨沙。完璧なボディーラインが卑猥にしなり、青年をさらに欲情させた。

（クンニリングスも上手なの⁉）

あどけない外見に似合わない淫戯は、夫のレベルをはるかに凌ぐ。引き離そうと卓也の頭に置いた左手から力が抜ける。軟体動物のような舌の動きは、やみくもに恥部を舐めているわけではない。

「んんっ、んふっ……やあっ、そこは……はんっ」

眉間に皺を寄せて、梨沙は何度も白い顎を上げた。甘い刺激と弛緩に、尿道口がムズムズする。肉ビラを丁寧に舐めて、性感を磨き上げる卓也。丸いヒップラインが卑猥にクネクネと動きつづけた。

ジュルルルッと卑猥な水音まで立ててくる。隅々まで肉ビラを咥えられて、情欲を煽られる人妻の意識は、次第に朦朧とした。

「気持ちよさそうだな。そろそろチ×ポをぶち込んでもよさそうだ」

ハッと梨沙は背後へ振り返る。何としてでもセックスは阻止したかった。

「さて、不浄の秘密の穴を味わうとするか」

予想外の台詞に、人妻はパニックになる。

女尻を両手で押さえつけると、卓也は会陰部をペロペロと舐めてくる。さっきの歪んだ愉悦が内奥を突き抜けて、灼熱の感触に喉がヒクついた。

「まさか、卓也くん……んんあっ」

「いつもやっているんだろ？　今さら驚くことか」

口端を吊り上げて、卓也の顔が桃尻の上部に移動する。腰をよじりたおす梨沙の裸体は、肛門をキスされたとき、ピクピクッとのけ反ってしまう。

アナルセックスをするとは想定外だった。

(最初からそのつもりだったの!?)

ヴァギナセックスよりも屈辱の淫戯に、人妻は鼻白む。背後の青年はドロッと唾液を皺菊に注ぎ込んでくる。生々しい肉悦の震えが麗美な背筋を弓なりにした。

「いきなりイクなよ。まだ、セックスしていないからな」

卓也は慣れた手つきで、皺を舌でせっせと伸ばしてくる。息遣いが自然と荒くなり、ユラユラと腰をくねらせる梨沙。モノ欲しそうに皺菊がパクパクと開閉する。生温い唾液が不浄の穴をぬめらせた。

「んんっ、やっ、どっちの穴もダメっ」

「ククク、全部俺のモノにするさ」

自信満々の声でささやき、卓也は立ち上がる。ザザッと湯の音が崩れて、波面を荒くした。鉄のような肉棒は萎える気配がない。その先端が、膣溝から菊穴までゆるりと擦ってきた。穢れたペニスの獰猛さに麗美な背中がおののく。

「あぐっ、んんあっ……」

鋭くヒップが跳ね揺れる。

(そっちは赤ちゃんが生まれる孔よ……)

さらに意表を突かれて、梨沙の脳内は茹だった。濡れた花弁を赤黒い亀頭が拡張してくる。相手の罠に嵌ったと悶えた。ナマの巨根が図々しく膣穴を踏み潰してくる。

「いやいや、優秀なオマ×コだ。細かい襞で吸いついてくる。ふうう、これは名器だな。まず、一発出してから、念入りに攻めるか……」

嬉しそうに卓也は異形のペニスを突き入れてくる。

梨沙の顔色がサッと変わる。

「ダメっ、膣内に出したら承知しないわ」

「残念ながら、俺は命令を聞けますけど、チ×ポは別だ。コイツは俺がいくら言っても本能の命令にしか従わない……」

「そんな屁理屈を……んっ、あぐっ……」

息もつかせぬ勢いで膣穴を拡げられる。肉柱自体は、ゆっくりと女体を貫いてきた。ジンワリと鈍い快楽が人妻の内奥でのたうちまわる。あまりの亀頭の大きさに、壁へついた両手を握りしめた。細かい呼吸で窒息感を凌ぐのが関の山で、梨沙はよけいなことを考えられない。

高潔な貞操を奪われたショックに自然と涙が溢れる。

「ククク、つまらない復讐を企てるからだ」

わずかに残った理性へ青年は問いかけてくる。

「何のこと？　あんんっ……深いいっ」

懊悩な表情で振り返る梨沙に、グイッと卓也は腰を突き出す。立ちバックで埋め込まれるペニスが鉄杭のごとく芯を抉ってきた。

「里穂と社長の過去の経緯を説明されました。アナタは自分の変態的な性癖を棚上げし、一方的に恨みを抱いた。地元から離れて、復讐の機会を狙い、今回の債権を手に入れた」

「それは今回の件と関係ないわ……奥にぃきちゃうの……」

ブルブルと震える腕がすべり、梨沙は崩れ落ちた。

背後から卓也に太ももをまわされて、正常位の姿勢になる。豊満なヒップが浴槽の底についた。結合点は濁り湯に潜り、ゴリッと快楽粘膜を削られた。

「ふうっ、ううっ」

眉間に皺を刻み、口元へ左手の甲をあてる。瞼を落として、梨沙は相手に美乳を突き出す。背筋が弓なりに反った。プルンッと乳房が重たげに跳ねる。

(どうして同じオチ×チンなのに……徹さんと比較にならないの……)

彼の先細りの肉棒では物足りない三十六歳の熟れた身体。極太ディルドーでヴァギナオナニーをすれば、夫に気づかれる可能性は高い。マゾヒストの性癖もあり、後ろの穴で慰める日常を送っていた。

「嘘はいけません。二百億の債権回収と言われたじゃないですか？　今まで、リスキーな仕事ばかりこなしてきました。社長の言葉は一言一句、録音してあります。転売の件も含めて、中途半端な命令は、トラブルの元になります」

セックスの場でも卓也は冷静に言い放つ。そのとおり、と言わんばかりに亀頭がビクビクと反応していた。相手は胸を掬い上げてくる。

量感を思い知らせる手繰りに、梨沙は瞼を上げた。切なげに首を振ってあえぐ。

「あっ、んっ、あなた、まさか……」

ふたたび悪い予感が心を重くする。人妻社長は卓也の手腕を見くびっていない。彼は火元となる要素を根絶やしにするのが得意技なのだ。

「セオリーどおりです。若女将、女将の連名で秘密保持契約書を締結しました。プライベートな事情も含め、互いに都合の悪い情報は外部へもらさない。梨沙の身体を、この温泉でどうしようが業務の一環ならば話さない」

「ビジネスの問題じゃないわ……ああっ、そっちはダメぇ」

おへその下まで怒張を捻じ込まれた。

「アナタは色恋沙汰もビジネスに含めている。矛盾しますね」

ギュッと眼を閉じて、梨沙は上半身を反らす。手の指を押し返そうと乳房が躍動する。弾力性に富む球体は、プルンッと卓也の指を跳ね返した。青年の指はさらに鷲づかみにしてくる。みずみずしいゴム毬の白肌がグニャリと歪む。

「ああっ、ごめんなさい……わたしが、ああ、梨沙が悪かったわ。ひぐっ、はひっ、お願いぃ、子宮が潰れちゃうわ……抜いてぇ」

ポロポロと涙をこぼし、梨沙はよがった。

しかし、長い両足を卓也の腰に巻きつける。両手を相手の首にまわして、感じ入ったように肘を曲げる。怒濤の衝撃が立てつづけに女体を揺らし、何かにのまれかけていた。

「イキそうなのか。こんなに亀頭をしゃぶられては引っこ抜けませんよ」

呆れ気味に卓也は嗤う。

(ああ、いいの。このまま卓也に屈するしかないの？　ダメ、ああ、でも)

卓也の怒りが想像以上に凄まじいと梨沙はようやく理解した。彼は特別報酬の名義で一発ヤりたいだけ、と思っていたが、それでは収まらないらしい。

ただ、社長の威厳もある。人妻としての矜持もある。一人の女としての面子もあった。容易く彼の言いなりになるわけにはいかないのだ。

「せめて外に出してちょうだい。そうすれば見逃してあげる」

「まだ、そんなことを……わからずやだな、梨沙」

「そうよ、社長の温情を理解なさい」

「まだ寝言を……やっぱり中出ししかないな」

「えっ、いやよ、冗談じゃ……ああんっ！」

　下腹部がカッ、カッと熱くなる。

　青年は華蕊にキスさせた亀頭を五ミリ引かせ、力強い一打を放ってきた。子宮にさざ波が立ち、ジワッと脳が溶ける快楽をもたらしてくる。

「ほお、これは使えるな。どれどれ……」

「卓也くん、お願いぃ、あっ、もう、ひいっ」

　湯面から梨沙の両足が飛び出して、ヒラヒラと舞う。彼の膝に載っている桃尻が卑猥に動いた。ザバザバと濁り湯の波面が派手に乱れる。

　年下の青年に堕とされたくない。その一念が肉欲の本能と拮抗（きっこう）し、女体をユサユサと揺らす。何とかしようと梨沙は煩悩の湯でもがいた。

「気持ちいいんだろ？　早く素直になれよ」

　コツコツと子宮をノックする卓也は、馬鹿にするような笑みを浮かべていた。

「誰が、アナタの思いどおりになんて」

　顔を真っ赤にして、梨沙は首を振る。あくまで、社長と部下の関係をなし崩しにするつもりはない、という意思表示を示す。猫目に力強い光を一瞬灯らせた。

「股をおっぴろげて、オッパイ突き出した女が言っても、何の説得力もないな。おまけに、人妻の立場で、俺のチ×ポにネットリ絡みついているぜ」

「それは、卓也の……」

羞恥に言葉が続かない。相手のペニスが立派だから感じてしまったなどと言えば、卓也を悦ばせるだけだ。ドロドロに肉欲で爛れる桃尻をよじりたおす。耐えがたい甘美な欲望に打ち勝たんと、湯の中で立ち上がろうとする。

ズルッと亀頭のエラが女襞を削り、バチッと火花が脳裏で散った。

「いい加減、楽になれって。まず、社長からひとりの人妻まで堕としてやる」

卓也は結合した状態で、声を弾ませる。

「意味不明よ！　あっ、こらっ！　やめてぇ！」

梨沙の非難を黙殺し、彼は膝裏を抱え上げてきた。

女の背中を壁につけて、バチンッと股間をヒップへ打ち込んでくる。

長いストロークの痛打に、女体はしなる。脳内がボウッと熱くのぼせて、梨沙はあえぐしかなかった。抵抗不可能な状況でも、卓也は容赦ない抽送を継続してくる。パックリ口の開いた陰唇に、肉棒が斜め下からズンッと突き上げてきた。

「んんっ、やあっ、あんっ！」

「そうだ、もっとエロい声を出せ！」

ミチミチと媚襞を掻き分けて、青年は一直線に子宮を貫いてくる。今までで一番の心地よさに魂が消えそうになる。ユサユサと弾乳を揺らし、梨沙は天を仰いだ。

「あおーーんっ、あ、はんんっっ、いい、いいのぉ」

「ようやく認めだしたな……」

喜々として、卓也は腰をしゃくりだしてくる。

（ああ、もう、何でこんなにセックスがすごいのよ！）

半端ないパワーと精神力で肉棒を叩き込まれて、一発で本イキまで飛ばされかけた。膣襞はひとりでに肉棒へ圧着を強めて、飽くなき往復を繰り返すペニスから何かをえようと必死だ。

三十六歳の人妻の性感は、かつてないほどふくれ上がり脅かしてくる。別の生き物のように、キリリッと挿入される肉棒を絞めてしまう。

（ああ、こんなことが）

合気道、空手を習得したのは煩悩に耐え抜く精神力を鍛えるためだ。それなのに、淫乱な痴態を晒して、恥裂はパックリと陰唇を開いている。

「いい音と匂いがしてきた」

「んんっっっ、やあっっっ、あんっ」

認めたくない姫鳴りがピチャッと鼓膜に届く。互いの肉を溶かし合う淫らな一体感にドッと汗が噴き出す。歯を食いしばっても、自然に唇が開いて甘く鳴いてしまう。足指を丸めて、梨沙は相手に乳房を捧げた。ググっとしなる裸体に黒々とした剛直が、ズンッと胎内に穿ち込まれる。

「とりあえず今回の命令の件は、中出しで許してやる。細かい話は、部屋でしようかね」

「勝手に決めないで！　はあんっっ……」

キリッと凛々しい瞳が淫らに曇った。股間を引かれると、充足感がなくなり切なさを募らせる。直後、ズンッと力強い一撃で、膝から足首がピンと上がった。

結合部を支点に、梨沙の流麗な裸体が前後に揺れる。

夫からの信用も取り上げられて、梨沙は聖域まで貫かれていた。せめて、国立大卒業のエリート意識、人妻としての矜持は失いたくない。

だが、卓也の詰めは甘くなかった。

「ホラ、中出しされて、小便出せや……」

ゾクッと背筋が凍りつく。汗ばむ端麗なヒップラインが、相手のささやきに同調してざわめきだす。梨沙には不条理な仕置に遭うと、失禁する性癖があった。

知っているのは夫しかいない。きっと卓也に話したのだろう。彼は卓也に寝取らせようとしているのではないか。別に女がいるのではないか。そんな疑問が一瞬浮かぶ。

「やあっ……出ているっ、いやあああっ」

ドクンッと肉棒が膨張し、粘っこい白濁液を子宮に注入してきた。火傷する熱さが下腹部に広がり、梨沙はアクメに飛ばされつつ絶叫した。穢される美しい裸体は、何度も痙攣を繰り返したあと、小水をもらす。弧を描いた放尿は、チョロチョロと神聖な湯を穢していった。

第四章　牝堕ち娼女との淫靡な狂宴

1

狂乱の宴から一時間後。

食事の準備をする間、梨沙は窓越しに外を見た。珍しく雪は降っておらず、満月が雪原を照らしている。寒々とした雰囲気が手足まで伝わってきた。

（ああ、もう早く帰りたい）

部下に痴態を撮影されて、弱みを握られてしまった。今回の件を卓也に任せたのは失敗だった。直属の上司に連絡して、何とか彼をしばらく遠ざけなければならない。

精霊温泉買収の執念は、里穂への復讐心と共に消え去っていた。雪原は深く、夜道を強行軍で進む勇気はない。秘湯というだけあり、道路の勾配はきつく路面の状態も芳しくない。夜中にタクシーで往来するのは危険であった。

「社長、夕食の支度ができました」

卓也の呼びかけに渋々、襖を開ける。

鵜の間の座卓には、豪勢な夕餉が並んでいた。鰆や鯛、鰹などの刺身が焼き皿に盛りつけられ、食欲をそそる。焼き物やカルパッチョ、サラダ風の和え物もあった。

日本酒の大吟醸が入った徳利を、卓也は猪口に注ぐ。

「社長。先ほどの件は追々。まずは料理を楽しみましょう」

「ええ。どうも……」

複雑な表情で梨沙は酌を受ける。浴衣姿に茶色の羽織を着た卓也は、さっきの淫戯を忘れたように振る舞っている。

脇には可愛らしい少女が着物姿で座っていた。

「あの、社長さんでいらっしゃったんですか？」

「ああ、そうだよ。上司としか言っていなかったかな」

卓上の猪口に酒を満たし、卓也は頷く。

（この子がいるせいね……ああ、お腹が……）

ズシッと重苦しい気持ち悪さが下腹部を疼かせる。辛口の日本酒を飲み干すと、胃の腑が熱くなりポウッといい気分になった。若女将の杏奈が控えている。彼女がいる限り、食事の間だけでも、変な真似はしないと得心がいった。

「若女将。精霊の話をしてくれよ。別にかしこまる必要はないからさ」

「そうですねえ……」

頬へ手をあてて、杏奈は天井へ視線を上げた。結い上げた髪の毛以外は、すっぴんの肌がつるりと光る。まるで雪の精のような透明感あふれる美少女だった。

「精霊って座敷童なんだろ」

「広沢さん！　いきなりネタばらしみたいなことをしないでください。社長さんがしらけてしまいますわ。まあ、そうなんですけど……」

杏奈は頬をふくらませた。

彼女の様子に梨沙は違和感を抱く。

(この子は、卓也に酷い目に遭わされていないのかしら)

彼は社長を接待場で凌辱する、不埒な輩だ。卓也が一日で若女将、女将を説得したと断言するからには、彼女も同じことをされたに相違ない。梨沙は、杏奈のさばさばした態度が不思議でならなかった。トラウマになるほどの心の傷を負わされているはずなのに……。

「社長さん？　どうかなさいまして？」

　キョトンとした顔で、杏奈が尋ねてきた。

「いえいいえ。何でもないわ。わたしも座敷童の話を聞きたいわ」

　部下から凌辱された記憶を一時的にでも忘れたい。卓也の別人のような態度に、さっきの時間は夢幻と思いそうになる。だが、下腹部にかぶりつく子種が、梨沙を現実に戻す。

　杏奈の話に集中することで、意識をそらした。

「一般的な話になりますけど……ここへ訪れたお客様で、座敷童の姿を見た人は多いですわ。ですから、この部屋にお泊りになれば、お目にかけることも……」

「ちょっと待って」

　梨沙は顔色を変える。この部屋が「鵺の間」とは知らなかった。座敷童や幽霊の類は苦手であり、遠慮したいのが本音である。非科学的な事象は信用しない反面、恐怖心もあったのだ。

　そのとき、若女将の指が膝の上で微かに震えていることに気づく。彼女や女将の身に何もなかったわけではないらしい。卓也の機嫌を伺う仕草も隷属的な態度で不自然に見えてくる。

「どうした？　杏奈、続けてくれ」

穏やかな口調で、卓也は名前を呼んだ。

ハッと杏奈はパッチリした眼を伏せる。

「はい、ごめんなさい。特に怖がって怯える必要はないですわ。見えない人のほうが多いんですもの。少し悪戯好きなところがある、との言い伝えはありますね」

「へえ。面白いな。憑くこともあるのかい」

「待ちなさい。卓也くん、せっかく温泉にきたのよ。変なことを尋ねないでちょうだい。気分が壊れてしまうじゃない……ねえ、若女将」

「夜に現れることが多いです。やはり、寂しいのかもしれません。ですから、あまり避けることはしないで、迎えてあげてくださいね」

杏奈は卓也の質問をいなして、明確な返事を避けた。


食事を終えると、若女将は女中を引き連れていなくなる。黒塗りの座卓の上には何もなくなり、梨沙は卓也の態度を注視した。彼は煩悩の湯のときと別人の態度のまま、温泉旅館の調査結果を説明したいと言いだした。

「警戒しなくていいですよ」

「そんなの無理に決まっているわ。アナタ、何をしたかわかっているの!?」

無意識に胸へ両腕を巻きつける梨沙。豊満なふくらみが、浴衣の生地を丸く張った。湯冷めしたせいか、彼の眼は熱量が低いものの、視線はバストを狙っている。

「細かい話とやらをお願い」

淫戯は東京に戻ってから追及することにして、ビジネスへ思考を切り替えた。彼は険の相を浮かべて冷静に話しはじめた。

「まともに回収しようとすれば、旅館側が抵抗すると思います。彼女たちは弁済能力があると、事業計画書まで作成していました。メインバンクの融資担当も前向きに検討しているとのこと。たとえ、その担当者がウチの顧客としても、難しいかと……」

「あなたの転売案でいけるでしょ」

「この地は精霊に守護された聖域です。旅館と土地の利用形態が変わると、二百億の回収価値はあっても住民感情が黙っていません。社長もご存じでしょう?」

さらに冷静な指摘をされて、梨沙は口をつぐむ。

(名士を買収しないとダメね……)

きっと彼は精霊温泉の常連客リストまで入手したのだろう。その土地の代名詞となる旅館買収行為のため、バックにいる権力者への働きかけが必要と暗に主張しているのだ。彼の意見はもっともであった。卓也なら、名士である代議士の先生方まで手をまわしていそうな気配もする。

「言いたいことはわかるけど……ロビー活動は若女将の役割よ」

ツンと梨沙はそっぽを向いた。

「旅館営業を続けるなら、よろしいですけど」

「ダメよ。二百億で買うっていう客がいるの」

ポロッと本音を言ってしまう。

刹那、卓也の眼つきが変わった。このとき、梨沙は卓也の上司の評価を思い出す。彼は仕事を完遂するためなら、手段を選ばない可能性がある。そのため、把握している情報は、逐一、正確に伝達しなければならない。

あと出しで重要事項を伝達すると、千倍返しの目に遭うと。

「話になりませんねぇ。その情報も聞いていません。尻拭いなり、汚れ役は必要ですし、俺も責任は負います。ただ、立場に拠ります。しかも、金額と売却先まで決まっているとは……」

「ハイハイ、わかったわ。誰でも呼んできなさい。何でもやるわ」

売り言葉に買い言葉の調子で、梨沙は卓也を睨んだ。ここにきて、無理やり貞操を強奪された怨嗟の感情が蘇り、ハラワタが煮えくり返る。

あどけない顔の青年は安堵の表情を浮かべていた。

「ふう。じゃあ、身体を張って部下に尽してください」

「さっき散々……え⁉　いきなり何よ……きゃっ……」

梨沙は後ろ手をついて、眼を丸くする。

部屋の行燈や灯りがいっせいに消えてしまった。しばらくすると、ボンヤリ部屋が明るくなる。西側の窓から月光が部屋に差している。満月のため、月明かりでも充分すぎるほど明るい。

ただ、災難はそれだけで収まらなかった。

「いやっ、卓也、何をするの⁉」

「アナタのためですよ。身体を張って、この件から手を引くか決めてください」

穏やかな声には苛立ちの感情が滲んでいる。

黒い布で負けん気の強い眼を塞がれてしまう。停電に度肝を抜かれて、視界を失い、梨沙は腰砕けになっていた。

（また、いやらしい真似をするの⁉）

アイマスクの布地をほどこうとするが、ビクともしない。視力のいい梨沙にとって、眼前が真っ暗になることは弱点だ。まさか、卓也は己が性格までも分析していたのだろうか。

「先生方、お待たせしました」

青年は手を叩いて、大声を出す。

しばらくすると、存在感のある男がふたり現れた。梨沙は卓也に両手をつかまれて、座卓のある部屋から布団の敷かれた寝室へ移される。

アイマスクは半透明になっており、暗闇に慣れると、梨沙の瞳に中年男性が映った。ひとりは禿げ上がった頭で洋梨体型のいかつい荒くれ男。もう一人は白髪頭の温和そうな優男。ふたりとも地元の名士で、ホームページや広報誌に名前を連ねる実力者だ。

通称、越後屋と伊勢屋。どちらも女好きで有名な権力者である。ふたりとも既婚者ながら、同じ女とは二度寝ないほどの放蕩ぶりで、裏世界では有名だった。

彼らをここへ呼んだ理由は明白だ。

「ほお。これは……」

「精霊温泉の女将に背中を流してもらうだけでは物足りなかったんだ。あの女は身持ちが堅すぎて、ガードが鉄壁でねぇ。ところで、君、この温泉地を本気で発電所にするつもりかね？」

「時代の流れには逆らえません。生きるための基盤がなければ、いい女も抱けません。今日は満月ですが、やがて欠ければ光も失う。雪国で電気がなければ、凍死します」

「まあ、言いたいことはわかるが……」

越後谷は腕を組んだ。伊勢屋は丁寧に浴衣を脱ぎだした。ふたりとも、真面目な話をしているが視線は粘っこく穢れており、梨沙の太ももを撫でてくる。

「君の父親には世話になっているからねえ。俺としては、君が里心を見せてくれたのが嬉しいね。せっかく乗っ取るなら、この温泉旅館を根城にするのも選択肢のひとつにしなさい」

「おいおい。野暮な話はやめようぜ。生贄女を食さないと」

伊勢屋が全裸になる。

白髪頭の優男は、ビルドアップした筋肉の塊のような身体を見せつけてきた。年齢不相応な獰猛な股間の逸物は、卓也と比較して遜色ないサイズである。

「ひいっ、どうするつもり……」

三十六歳の人妻はのけ反った。

梨沙の寝室には衣装棚しかない。テレビや座卓は取り払われていた。パニックになると、せっかく身につけた武道も繰り出せず、睨みつけても意味を失う。梨沙には微かに相手の顔が見える程度で、男たちにはまったく女の顔がわからないらしい。

「近寄らないでぇ」

布団の上をあとずさりする梨沙。投げ出した両足は浴衣から太ももが生肌を晒して、相手の視線を誘う。絖白い絹肌は汗ばんでいる。

「社長さん。俺たちに話をとおさないで、地元のシマに手を出しちゃダメだよ。ここをどこだと思っているのかね。広沢くん、この女の苗字は？」

ニヤリと笑い、伊勢屋は振り返る。油断なく両足の膝がつかまれていた。ガサガサした武骨な指の感触に、産毛が逆立つ。隆々とした筋肉から繰り出される力は圧倒的で、払いのける気力も奪われた。

「さあ。教えてしまっては、目隠しの意味がありませんよ」

不敵に卓也は微笑んだ。

「そうだね。君は女の嗜み方を理解しているようだ。ふうん、だが、この顔はどこかで見た記憶があるな。地元の御令嬢に似ている」

「ううっ、やあっ！　ああっ……」

越後屋は油断も隙も無い。いつのまにか背後へまわり込み、うしろ手をガッチリつかんでくる。脂ぎった大きな手のひらから、野獣の汚らわしさを感じた。

梨沙は悲鳴をあげつつも助けは呼べない。クネクネと手首を振りまわし、内股を閉じ合わせた。浴衣の裾は開けて、太ももは丸出しになっていた。

(このふたり……悪魔のようなしたたかさね)

屈辱感に歯軋りする人妻。彼らの玩具になるのが、ロビー活動なのだろう。それは、約束事ではなく、暗黙の了解という奴だ。しかも、ふたりに苗字を明かせば、地元の東条家の人間とバレてしまう。名士は地元の令嬢にだけは手垢をつけない。名を汚すことになるからだ。

卓也は三人の戯れを録画していた。きっと、ふたりの弱みにするつもりだろう。

「なめらかな手触りだ。こんなにいい女とは……」

膝をつかんでいた指が太ももを撫でてきた。しっとりした肌に、ささくれだった感触が広がる。腰をよじらせると、唇が奪われた。

一瞬にして、梨沙の脳内は真っ白にされる。

「ふうむ、甘い唾だ。いい味だぜ」

「はうむ、チュウウッ、やっ、あっ……」

淫らな行為をされて、梨沙の身体は熱くなる。乱れほどけていく浴衣のように、理性と本能が嚙み合わない。ギクシャクした抵抗に、ふたりの男は次第にしゃべらなくなる。

(わたしは何をしているの……こんな場所で)

懸命に洗浄液で清らかにしたヴァギナを狙われて、子宮が熱い。一服盛られたような昂りに息が甘くなる。おぞましい舌の戯れに心臓が縮み上がった。

やがて両手首を帯で縛り上げられ、床柱に結ばれた。

「おい、社長さんよ。股を開けろ。雪肌に傷をつけるのは、俺の趣味じゃない。縛られて感じる淫乱はわかったから。悪いようにはしない」

「やんっ、ああっ、そんなぁ」

嫌がる素ぶりをすれば、唇が塞がれる。越後屋は横にまわって、舌を差し込んできた。いやらしい舌遣いで唾液を流し込んでくる。息もつかせぬまさぐりに、梨沙は白い喉をうねらせた。

「ふふ、俺の唾を飲んだな」

「はんっ、んんっ、お願いですっ、もう……」

「そんな急ぐなって。チ×ポが欲しいんだろ？　卓也くんに聞いている。この煩悩の湯は媚薬効果満点だ。今日は座敷童様に、子づくりを披露する日だからな」

梨沙には寝耳に水の話だった。

生贄とは彼らの性玩具になると同時に、精霊への献上体を意味している。それでは、ここから逃げることなど絶対にできない。媚薬に胸が高鳴り、目隠しで性感はうなぎ上りになっていた。巧みに浴衣の帯をほどかれていく。

ギシッと手首を締めつける帯が軋む。グイッと股を開かれると共に、浴衣の布地が左右へ引っ張られた。粘着質な視線が柔肌に刺さり、梨沙はあえいだ。

「やっ、あふっ、んんっ」

まるで、見られて興奮する淫乱女のような素ぶりで、身体を左右に揺らす。

「ほおお、これは……」

手練(てだ)れの老獪な男たちも息を呑んだ。

下着は黒いブラジャーとショーツに模様替えしている。厚手の花柄模様は変わらず、蝶が蜜を吸う場面が克明(こくめい)に描かれていた。

「満点に近い女だな。卓也くん、本当にいいのかね？」

「ええ。こちらの希望を叶えてくださるなら」

手短な会話に、梨沙はヤバい予感を禁じえない。

意味深な疑問への答えを、伊勢屋が解説する。

「地元への根まわしを盤石にする代わり、一週間、社長さんが俺たちの伽役になる。場合によっては、一カ月になるかもしれないが……」

「そ、そんな話っ、んんっ、やあっ」

「いいですよ。だって、根まわしがなければ転売できません」

平然と卓也は承諾する。

「卓也！　わたしは同意していないわ！」

本気で梨沙は怒気を発した。今まで積もったストレスが火種となり、一気に爆発した格好だった。一瞬、ふたりの男がたじろぐほど、女の口調は迫力がある。

「社長、避けてとおれない道です。進むか、退くか、今日の宴で決心してください」

「悪いが、社長さんね。アンタはただの操り人形だ。俺たちは広沢くんとの信頼関係で動いている。だから、人形の同意は意味がない」

「人形というか、玩具だけどな」

ハハハハ、とふたりの男は嗤った。それから、伊勢屋が右側に、越後屋が左側に移動してきた。一気におぞましさが弾けて、梨沙は唇を嚙む。

「ひいいっ、放してぇ、ああ、やっ」

ふたりは左右から腋下を舐めてくる。妙に熱のこもった舌がつるりとした窪みを伝う。極度の羞恥心に顔が真っ赤になった。すると、甘い汗がしぶき、男たちを悦ばせる。みずみずしい肌に甘い汗がひたすら噴き出す。

「ふうむ、いい味だ。社長というか、花魁（おいらん）のほうが似合っているな。ただ、このあえぎ声をどこかで聞いたような」

「ククク、地元の御令嬢で、こんな淫乱な女はいないぜ」

「やっ、そんなところっ、ダメッ」

何度も顎を上げて、眉毛をハの字にしならせる。恥ずかしい場所なのに、妖しい舌遣いで被虐心の炎をポッと燃やされた。左右の足をしっかり挟まれて、恥骨へペニスを押しつけてくる。次第に嫌悪感が薄れて、声が甘くしなりだす。

「フフフ、マゾヒストの淫乱社長か」

「バストもヒップも文句ない出来栄えだ」

「お褒めに預かり、ありがとうございます」

手前勝手な会話に、梨沙のアイマスクから涙が伝う。フルカップブラジャーに包まれた美乳の先端はしこり、胎内は掻痒感に溢れている。

「生乳は……おお、素晴らしい」

「味はどうかな……ふうむ」

「はっ、やっ、左右からなんてぇ、ああっ」

フロントホックを容易く外された。汗ばむパッドから、こぼれ落ちんばかりの乳房が晒された。野獣の息が荒くなり、たわわなふくらみにかかる。

大きすぎる赤子に母乳を吸引されている気分になった。

「ああっ、先端だけ舐めないでぇ……」

ドロッとした舌で乳首がピンッと跳ねられた。

ギシッと手首が軋んで、梨沙は唇の隙間から喘ぎ声をもらす。乳房に左右から焼き豆腐で包まれた感触が広がる。

伊勢屋も越後屋も無駄な動きはない。

「やっ、そこダメっ、んっ……」

ふたりの片手がショーツの腰ひもを緩める。両足で挟まれた状態で、桃尻の内部をスウッと撫で擦られた。チュウチュウと音が鳴って、左右の乳房の白肌がうねる。さっき卓也から脳味噌が溶けるくらい攻められたにもかかわらず、肉体は快楽に弾けた。

(この男たちまで……何なのよ、アソコまで)

名士なら何をしても許されるはずはない。ビジネスにセックスを勘案（かんあん）するなど許せない。梨沙は己の贖罪のことは忘れ、ふたりの変態に激しい怒りを覚えた。

「ああんっ、吸っちゃいやっ、んっ、はっ、はあっ……」

それでも、口から溢れるのは、嬌声を帯びた牝の声だった。

左に腰をよじれば、越後屋の吸いつきと手繰りが強まる。おぞましさに恐れおののき、反対側に体勢を変えると、伊勢屋に攻められる。次第にネットリと絡んでくる舌と吸い立てられる違和感に慣れてしまう。

「やああっ、はんっ」

人妻の声質が艶やかさを増した。

ふたりの男は梨沙の反応に応じて、ビラ肉の攻め方を微妙に変えてきた。

そのよけいな心遣いが、女体に淫らな炎を宿らせていく。

「ククク、かなり気持ちよくなってきたらしいな」

「当然だろ。セックスレスの人妻なんだから」

「違う、そんな……感じてなんて……いません」

グッと歯を噛みしめて、梨沙は屈辱の淫戯から逃れようとした。老獪なふたりの男は巧妙に指でタッチを刻む。粘着質な攻めでありながら、マンネリにはならない。

「あぐっ、指でコリコリしちゃダメえ！」

小鼻をヒクつかせて梨沙は甘く叫ぶ。

男たちは胸元から顔を離すと、秘裂をさまよっていた指が美乳に襲いかかる。唾液に濡れた紅い乳首を、人差し指でコロッと押し撫でてきた。生温かい柔肉の攻めから、武骨な指戯になり、グンッと胸をしならせる。ビリビリッと焼け爛れた愉悦で、梨沙はギュッと両手を握りしめる。

(やあっ、だんだん、ペニスが大きくなっている)

腰に押しつける亀頭が左右とも大きい。これは卓也よりも太い可能性がある。それなのに、胎内は嫌がるどころか、キュンッと収縮を繰り返す。絹肌の臀部は、誘惑気味に揺らめいてしまう。モノ好きと思われても仕方ないくらい、あえぎ声がもれる。

「伊勢屋さん、先にどうぞ」

越後屋は右手で尻房の柔らかさを堪能し、物惜し気に怒張をあててくる。ムチッとしたふくらみが卑猥にひしゃげられた。

「ひいいっ、やっ」

ビクッと梨沙は震え上がる。伊勢屋が正面にまわり、正常位となった。肝心の膣内部には前戯をしてこない。ショーツの布地を取り去ると、充血した陰唇に亀頭を擦りつけてくる。

ナマで挿入される恐怖感は強い。だが、挿入される快感を望む思いはもっと強い。

「ああっ、いやっ……」

拒絶の声色は弱い。三十六歳の人妻は、ハアハアっと荒い呼吸に乳房を揺らして、相手のペニスに眼を凝らす。ガッチリした筋肉の老人ペニスは、たるみつつもエラの張った亀頭をつけている。

「上品な花ですな。高貴な雰囲気のビラ肉だが……」

ヌリュッと会陰部から鈴口をすべらせてくる。

「やあっ、熱いぃ、あっ、んんっ」

キュウッと眉間に皺を寄せる梨沙。クリトリスを刺激されて、閉じかけた股を開ける。しっとりと濡れた柔肌が月光に輝く。くの字型に曲げた足の膝をつかまれた。

伊勢屋は執拗に亀頭で媚裂を擦り上げてくる。ジワッと言葉にならない物足りなさが深奥を燃やす。腰まわりがねちっこく痺れて、いやらしいよじらせ方をした。

「いいね、人妻社長さん。さて、ご愛敬はここまでだ」

刹那、ズブズブッと肉棒が梨沙の媚穴をこじ開ける。卓也よりサイズは小さめで、今の梨沙にはちょうどいい塩梅だった。とめどない背徳感に、桃尻を跳ね上げた。

丸々と白くまぶしい豊麗なヒップが野獣に晒される。

「んぐっ、ああっ、いきなりぃ、ああんっ」

梨沙は黒髪を激しく振った。

何度も夫を裏切りたくはない。しかし、マゾヒズムの性癖は容赦なく芽吹きだす。

いきなりの突貫ピストンでも、膣襞はギュウウッと伊勢屋にまとわりつく。

少し柔らかみのあるペニスは、熱の孕むスポットが曖昧だった。牡棒を嚙みしめたくなり、熟女は卑猥に腰を振りだす。

「ああんっ、いひいっ、いいの、気持ちいいのぉ……」

「ほお、やはり、とんでもないM妻だな」

ズンッと子宮を力強く搗かれると、餅襞が複雑にうねった。パワーあふれる雄々しさに、梨沙は自らV字形に両足を宙に上げて、全身で股間へぶつかる。ドクンッと内臓が押し上げられる感触に体液が飛び散り、甲高い牝鳴きが響く。

三擦り半で、伊勢屋はペースダウンさせてきた。焦らすつもりかと、人妻が気を揉んだ。やがて、そのまま亀頭を抜き出してしまった。

「若い頃みたいにはいかないのさ」

白髪頭の中年男はニヤリと嗤う。彼は横にまわって、メタボの越後屋が現れた。弛んだ腹の下には、いやに引き締まった怒棒が黒光りしている。あっというまに牝孔に穿ち込まれた。

「あおーーーんっ……すごいぃ、あはんっ」

人妻はアイマスクの中で眼を瞬かせた。

越後屋のペニスは卓也より少し大きい。そのわずかな差が、媚膣の刺激を数百倍にしていた。一気に貫かれた衝撃は、魂を溶かす快楽に充ち満ちている。

「エロいオマ×コですな。ふだんは高潔なビジネスレディーがこんな痴女とは。ハハハ、痛快（つうかい）ですね。国立大出身のエリート妻は絞まりも一流」

越後屋は最初の一捏ね以外は、スローピストンだった。嫌にもったいぶった抜き差しに、梨沙はもどかしくなる。情欲の葛藤が切ない牝鳴きを生みだす。

「はあっっ、んんっっ、硬いのぉ、ああ、もっとくださいぃ」

梨沙はついにおねだりした。

鉄壁な女が何もかも崩れだす。夫のことも会社の未来も忘れて蜂尻を動かそうとした。脂まみれの手がウエストをつかんでくる。

「玩具は勝手に動くな。俺は激しい捏ね繰りが嫌いだ。こういうのはどうかね？」

メタボ老人は、緩々と変幻自在な抽送をしてきた。

胎内の収縮に呼吸を合わせたもので、秘粘膜をジンワリと刺激する。単純な前後運動と違い、あまりにスローペースで先は読めない。

それは、格別の充足感をもたらしてくれた。

「あふっ、んんっっ」

ぽってりした唇から炎の息を吐く。両足を相手の腰に巻きつける。鋭い怒張の硬さは卓也より屈強で、わずかな動きでも嵩張りはプツッと襞を弾いた。

波頭の高すぎる快楽を逃そうと、梨沙は腰をひねる。ググっと上半身を海老ぞりにして、豊胸を揺すり立てた。

（オチ×チンのことで一杯）

ふたりの老獪に手籠めにされる梨沙。ペニスの大きさやリズムの違いが、人妻の理性を飛ばしてくる。破滅的な愉悦を送り込まれてきた。

よじりたてる顔に、伊勢屋が逸物を突き立ててくる。

「こっちでいいよ、東条梨沙さん」

脳がフリーズし、アイマスクを外される。特徴のある切れ長の猫目が相手に晒された。手首を拘束されて、ふたりの老人の肉棒を貪る淫乱妻。

瞼を閉じようとした瞬間、グイッと二本のペニスが梨沙を抉ってきた。グググッと弓なりになる美女に劣情の塊が弾ける。ドピュウッとフラッシュのような白濁液が上下の唇を汚した。

2

精霊温泉に来て一週間後。

過去の怨嗟を晴らすどころか、卓也の計略に引っかかった梨沙。彼は精霊温泉の媚薬効果が、一番高い時期を狙い、女将、若女将といっしょに接待肉へ堕とした。

今日はY社の社員を客として呼んだという。梨沙は社長の立場も忘れて、人妻の矜持も失い、地元の名士の相手をしていた。

その日は、彼の指示で接待役をしないで済んだ。逃げ出す気力も消され、媚薬湯に抵抗を阻まれて、梨沙のプライドはズタズタに引き裂かれている。

卓也の指示で、ガウンをまとった人妻社長は煩悩の湯に呼ばれた。今日は彼の伽をしなくてはならないのか。ため息をつく。朝食を済ませて、下着を脱いだ。

「みなさん、東条社長がいらっしゃいました」

「なっ!?　卓也くん……」

浴室に入った梨沙は声を失う。Y社の社員が浴室に立っている。獣欲まみれの視線が、梨沙の肢体を舐めてきた。彼らは全員裸で、男性器を勃起させている。ペニスの林立は、おぞましい雰囲気を醸成していた。

「ボケッと突っ立ってないで、ホラ、こちらに」

「はい、ご主人様。ああ、みなさん見ないでぇ」

弱々しい声で儚げに眼を伏せる梨沙。

三十六歳の高慢社長の隷属ぶりに、社員たちからは歓声があがった。驚きと興奮に視姦は強くなり、梨沙はガウンの上から胸元と股を手で押さえる。

サウナ用の白のコットンガウンをまとう熟女。下着は穿いておらず生肌を隠していた。

「おい、広沢。社長は本当にお辞めになるのか?」

「ええ。後任は一任すると」

「ちょっと、卓也くん……あふっ、んっ」

唐突な話に、梨沙の秀麗な顔が怒りに引き攣る。社長の居丈高な態度に、周囲の社員は恐れをなした。そこへ卓也は背後から抱きついてくる。女社長の威圧感は一気に失せた。

「今日、セックスでイカなければ諦めますよ」

フフフッ、と青年は嗤う。

今日は三月最終日で、時刻は夜九時。四月になれば、煩悩の湯の効能も下がると聞いていた。もしかすれば、もう媚薬効果は薄まっているかもしれない。

「いいわ。アナタの条件、受けて立ちましょう」

おおっ、と歓声があがる。

社長を裸で迎えるだけでも、社員はビクビクしているらしい。気おくれした精神状態でも、梨沙の身体を拝めると聞いて、勃起したのだろう。

ギラッと周囲を取り巻く男たちの眼つきが変わった。

ぐおおっ、と卑猥な嗚咽が梨沙の耳朶に届く。

「ああ、里穂、杏奈……」

清楚高潔な女将母娘の痴態が視界に入り、梨沙は唖然とした。彼女たちは、社員の肉棒をフェラチオしてまわっている。チラッとふたりは梨沙を見た。すっかり卓也に服従しているようだ。

雪の精のように悩ましい女体で肉棒を嬲られて、社員たちは頭を掻きむしっている。白い指と可憐な美貌が精液に染まった。淫らな光景に何故か身体は熱くなる。

「ホラ、きなさいよ……」

梨沙はガウンをゆっくり脱いだ。誘惑するようにヒップをくねらせると、周囲のため息と歓声は大きくなる。一週間、地元の名士たちに可愛がられて身体のラインはしなやかになった。左右へ規則正しくうねる桃尻はボリューム感も増している。

釣り魚が跳ねるように、艶めかしく腰が動いた。

「うむ、いい熟れ具合だ」

並みの男ならしゃぶりつく場面で、卓也はじっくり眺めてくる。

振り返ると、つい、梨沙の瞳は潤む。逞しく引き締まった筋肉が見えた。雄々しい股間からは鋼鉄の棒が天に向かって伸びていた。

周囲の社員のペニスよりも桁違いに大きく猛々しい。

「やっ、ジロジロ見ないでぇ」

あらゆる手で愛撫された絹肌は、抜群の性感を身につけている。触られるのが当たり前になり、持てあます時間が増えると、妙に温もりを欲してしまう。

「抱かれたがっていたのか」

卓也が胸板を背中に密着させてくる。聳え立ちでゆっくりと桃尻から太ももの肉感を味わってきた。相手の体温に梨沙は安心感を覚える。

「ククク、ムチムチしたヒップに挟んでもらおうかな」

「やっ、汚い棒を擦りつけないでぇ……あっ、熱いぃ」

険の相で青年を睨む梨沙。わなわなと唇が震えた。

「散々、穢れた棒で貫かれたんだろ？　中出しされなきゃ、ふくよかにならないさ」

脇の下から鷲の手が桃乳を掬い上げてくる。弾力性のある柔肉に指が吸いついた。なめらかな触り心地を楽しむように、指先が乳首を弄いだす。

梨沙の険しい表情が急にしおれた。太ももからヒップの右房をペニスで抉られる。ゴリッと力強い威力に、グニャリと太い眉がしなり、厚い唇は開く。

「オイ、あの高慢面が簡単に牝になったぞ」

「社長も女ってことだろ。嬉しそうにあえいで……」

周囲の社員は遠慮なく騒ぎだした。卑猥な視線の湯を浴びて、梨沙は裸体を恥じらいによじらせる。浅ましい牡欲を吹き飛ばしていた清楚高潔な面影は消え去っている。見られたくないと思う一方、白魚の細腕を背後の青年の首にまわす。

「んっ、ああっ、なんで身体が疼くのぉ」

つかのまの快楽を求める女体に戸惑う梨沙。彼らはいっせいにスマートフォンで絡み合う裸体を撮影してくる。フラッシュの光を焚かれて、牝欲を煽られた。

「やっ、撮らないでぇ……あむっ」

周囲の視線から逃れる梨沙は、背後へ振り返る。刹那、唇が重なり呼吸を奪われた。ゴリゴリッと尻房をひしゃげられる心地よさに、炎の息を吐いた。甘ったるい汗の匂いが立ち昇った。

あどけない青年は梨沙の甘い息を吸って、舌を差し込んできた。卓也の舌遣いはスムーズで、人妻は陶酔感に酔いしれる。タプンッと切なげに爆乳は揺らめく。

小鼻を擦り合わせ、唾液を捧げる人妻。シャッター音の波に、切れ長の眼を閉じる。

「フフフ、そう。アンタの会社を乗っ取ることにしたんだ。そうすれば、旅館を潰す必要もなくなる。債権回収業は、この旅館がやればいい」

突拍子のない話に、梨沙は瞼を跳ね上げる。嫌な予感が人妻の胸によぎった。

「どういうこと!? 突然、頭がおかしくなったの?」

「いや。俺は至極、真面目に話している。彼らは、新しい旅館の従業員。三人の美女なら、彼らの給料も稼ぎ出せるはずさ」

女惚けした口調ではない。言い返そうとすると、ディープキスで舌を奪われる。熟尻を窪ませていた凶棒が尻間に近づいてくる。

いきなり現実に引き戻されて、梨沙は細腕をほどいた。その場を逃れようと、青年の胸板を押し返す。アワアワと離そうとする裸体は前のめりになった。

ギュウッとゴム毬の乳房に深く指が喰いこむ。

「やあっ！　いやっ、馬鹿なこと言わないで」

「馬鹿？　馬鹿はアンタだろ」

冷たく言い放ち、穢れきった肉棒が梨沙を一気に貫く。

「あがっ……やっ」

久しぶりの衝撃に、ガクンガクンと狂おしい痙攣を繰り返す。細かく震えつづける絹肌から、甘い湯気が噴出する。絢爛な裸体の乱れ咲きに、歓声が大きくなった。

悔しさと切なさよりも、果てしない快楽に脳内は痺れる。

(もうイッたの……わたし)

緩みのない赤黒い亀頭が子宮を小突き上げて、甘美な一体感に浸らせてきた。何度穿ち込まれても、卓也のペニスは圧倒的な逞しさを誇っている。完全敗北でもセックスは終わらせてくれなかった。四肢が気怠くなり、足元もおぼつかない。唇を震わせて、卓也に負けを告げようとした。

「オイ、広沢社長。俺たちにも接待させろ」

不気味なかけ声と同時に、梨沙の両足が持ち上げられる。ムチッとした太ももを強張らせて、梨沙は背後を見た。若手の従業員ふたりが足首を股間に引っかけている。太い肉柱の感触が増えて、人妻の心は不安にざわめく。

「ひいいっ、熱っ」

不安定な姿勢にもがく梨沙の両手が、何かをつかむ。握り慣れた感触に視線を移すと、短い反り返りがそそり立っていた。四人の暴挙に豊満な女体が宙づり状態にされる。

「梨沙、しっかり握るんだぞ」

「アンタたち、勝手に近寄らないで！」

「お前は俺たちの肉玩具なんだ。なあ、社長さんよ」

ドスの効いた声に顔を上げると、副社長が立っている。眼前で汚棒をしごいていた。

ヒクヒクと亀頭がうごめき、梨沙は悲鳴を叫ぶ。

「もう、彼らは辞表を提出しています。これからは俺が旅館の主人。つまり社長になる。ついでに、御主人から離婚届も郵送で受け取った。梨沙がサインすれば、一匹の未亡人牝に早変わり」

「ああっ、いやあっ、そんなっ、んんっ」

やるせない怒りと恐怖に引き攣る梨沙。卓也は容赦なく抽送を再開した。剛直が華蕊を叩くと、尻太鼓が卑猥に波打つ。両手両足をつかまれた女の目と鼻の距離に、六本目の肉キノコを据えられる。もう、部下の汚棒は咥えたくない。だが、両手の指に力をこめればふたりの牡を悦ばせた。

「出口なしだよ。梨沙、肉玩具おめでとう」

「いやっ、わたしは社長なの。ああ、やんんっ、気持ちよくなっちゃうのぉ。あんっ、ダメ、やっ、あんっ、突かないで、やっ、顔射ダメ……あむう」

「だったら、すべて飲み込めよ」

副社長のペニスが梨沙の口内にめり込む。直後、マゾヒズムの肉壺がキリリと卓也を絞め潰す。焼け爛れた女の最後の砦が崩壊する。奇しくも、六人同時に穢れた精液を梨沙のきめ細かい女肉へ注ぎ穢してきた。総身が痙攣の波にのけ反るなか、エリート美女は最高の喪失感と快楽の湯に溺れていた。

◉新人作品**大募集**◉

マドンナメイト編集部では、意欲あふれる新人作品を常時募集しております。採用された作品は、本人通知のうえ当文庫より出版されることになります。

【応募要項】未発表作品に限る。四〇〇字詰原稿用紙換算で三〇〇枚以上四〇〇枚以内。必ず梗概をお書き添えのうえ、名前・住所・電話番号を明記してお送り下さい。なお、採否にかかわらず原稿は返却いたしません。また、電話でのお問い合せはご遠慮下さい。

【送付先】〒一〇一-八四〇五 東京都千代田区神田三崎町二-一八-一一 マドンナ社編集部 新人作品募集係

寝取られ温泉(ねとられおんせん) 淫虐の牝堕ち肉調教(いんぎゃくのめすおちにくちょうきょう)

二〇二三年十一月十日 初版発行

著者◉星凛大翔【せいりん・やまと】

発行◉マドンナ社
発売◉二見書房
東京都千代田区神田三崎町二-一八-一一
電話 〇三-三五一五-二三一一(代表)
郵便振替 〇〇一七〇-四-二六三九

印刷◉株式会社堀内印刷所 製本◉株式会社村上製本所 落丁・乱丁本はお取替えいたします。定価は、カバーに表示してあります。

ISBN978-4-576-23121-1 ◉Printed in Japan

Madonna Mate